11 –
Das Seminar

Inhalt

Der erste Morgen	5
Elf	8
Rudolf von Walterskirchen	9
Die Teilnehmenden	12
Die Begrüßung	15
Die erste Pause	25
Der erste Vormittag	28
Greg	42
Die zweite Übung	43
Beim Abendessen	61
Der Reflexionsabend	67
Die Nacht	73
Der zweite Vormittag	81
Mittagspause	91
Das Schauspiel	93
Die Beobachterrunde	106
Der Abend	109
Greg und Veronika	119
Die Fallstudie	122
Die Entspannungssequenz	137
Der letzte Nachmittag	139
Speed Dating – die Feedbackrunde	140
Das Abendessen	151
Die letzte Nacht	153

Herstellung und Verlag: BoD-Books on Demand, Norderstedt
ISBN: 978-3-7392-0718-6

Der erste Morgen

Greg wachte an diesem Morgen mit starken Kopfschmerzen auf. Der Autolärm, der durch das offene Fenster in sein Zimmer geschwemmt wurde, verstärkte diesen Zustand noch. Die Schmerzen zogen sich an seiner linken Seite den Rücken herauf, versteiften sein Genick und ließen ihn seinen Herzschlag wie tiefe laute Bassschläge in seinem Kopf wahrnehmen. Greg stand auf und schloss das Fenster mit festem Griff. Dabei fiel ihm die Verletzung an seinem Handrücken auf. Ein langer Kratzer mit einer Blutkruste zog sich über seine schlanke Hand. Greg runzelte die Stirn. In seinem Kopf hämmerte es weiter.

Er beschloss, eine heiße Dusche zu nehmen. Er brauchte die Hitze, um wieder zu sich zu kommen. Erst als das Wasser brennheiß aus dem Duschkopf strömte, stellte er sich darunter und atmete die gnadenvolle Hitze ein, die er alltäglich meist vermisste. Er, der von der Sonne kam, fühlte sich dann ein wenig mehr daheim. Langsam kam ihm der gestrige Abend wieder in den Sinn, die Wunde brannte ein wenig unter dem starken Strahl der Dusche.

Greg stöhnte leise auf. Er hatte sich geschlagen. Gestern Abend. Also nur einen Schlag gegen seinen Gegner ausgeführt. Hinreißen lassen. Schwach geworden war er. Dann hieß es nur noch schnell weg. Denn der andere, der ihn provoziert hatte, taumelte und fiel zu Boden, wie von einer Waffe niedergestreckt. Greg hatte nur seinen Arm ausgestreckt und mit seinem rechten Handrücken das Gesicht des Gegners gestreift. Das reichte schon, um den anderen gleich einem Stromschlag für eine Zeitlang außer Gefecht zu setzen. Die Frau an dessen Seite hatte laut aufgeschrien und Greg bat um Verzeihung. Soweit hätte es nicht kommen dürfen. Das sagte er der Frau auch und dann verschwand er gleich einem Schatten, wenn die Wolke sich vor die Sonne schiebt.

Bis die anderen Menschen im Lokal kapierten, was genau geschehen war, lag er längst in seinem Bett. Der Fusel aus der Bar war wohl verantwortlich für seine Kopfschmerzen. Heiß und fest prasselte das Wasser über seinen Rücken.

Wieso war er nur in diese Spelunke geraten? Greg verdrängte regelmäßig, dass seine heilenden Aktionen immer wieder dazu führten, dass er nicht, wie es anzuraten war, danach direkt nach Hause ging, um sich wieder energetisch zu reinigen, sondern sich verführen ließ. Von Frauen oder dem Alkohol oder gar beidem.

Nur von Drogen hatte er bislang immer seine Finger gelassen. Er wusste, dass sie seinen sicheren Tod bedeuten würden, weil sich die Heilkräfte dann umkehrten und er verglühen würde. Das war ihm bei seiner Inkarnation auf die Erde schon mitgegeben worden. Daran hielt er sich strikt. Sein weltlicher Anteil ließ ihn hin und wieder schwach werden und die Rache kam bei Fuß. So wie heute die rasenden Kopfschmerzen, die unter der Dusche nur sehr langsam nachließen.

Er hatte kaum geschlafen und fühlte sich wie gerädert. Frisch geduscht schlüpfte er wieder unter die Decke. In Phasen wie dieser kam er sich klein vor, fast wie ein Kind. Und in ihm diese große Sehnsucht nach Wärme und Nähe. Am besten es käme jetzt jemand, ganz egal ob Mann oder Frau, der oder die ihn in die Arme nähme und liebkoste. Greg konnte sich nicht erinnern, jemals wirklich gehalten worden zu sein. Manchmal in den Armen einer Frau stieg eine Ahnung in ihm auf, wie es sich wohl anfühlte, bedingungslos geliebt zu werden.

Sein Weg war vorgezeichnet, er war ein Hohepriester auf dieser Erde, der sich als Trainer und Coach verkleidete, um an die Menschen zu gelangen, denen Spiritualität immer noch ein Fremdwort war. Auch an jene, die sich erhaben fühlten. Sie würden eines Tages die Demut vor der Schöpfung wohl lernen müssen, doch zuvor ließ Greg nichts unversucht, sie zur echten Vernunft der Wahrhaftigkeit zu inspirieren. Das gestaltete sich ungemein schwierig und kraftaufwändig. Mutter und Vater fehlten ihm sehr. Tränen schossen ihm in die Augen und er versuchte, wieder einzuschlafen. Dieser kalten Welt zu entfliehen in seine eigene Welt, auf seinen Herkunftsplaneten zu flüchten. Das Universum erhörte ihn und schickte eine kräftige Ladung Sonnenstrahlen durch das geschlossene Fenster direkt in sein Gesicht.

„Steh auf, du kannst es!" schienen die Sonnenstrahlen zu sagen.

Sie kitzelten seine Nase und er musste niesen. Sein ganzer Körper wurde durchgeschüttelt und mit einem Mal war das Kopfweh wie weggeblasen. Die Spitze des heißesten Sonnenstrahles durchdrang seine Schädeldecke und ersetzte die dunklen Schmerzen durch einen gleißend hellen Auftrag. Greg atmete tief durch. Er ging abermals unter die Dusche, doch diesmal bei normaler Temperatur. Das war notwendig, um die Gedanken zu ordnen.

Die Aufträge kamen als Energieimpulse herein, die sich erst nach einiger Zeit in Worte formen ließen. Manche von ihnen kamen direkt in sein Herz. Das waren jene, die als Kristalle verschiedener Farben sich in seinem Blut verflüssigten und seine Ausstrahlung dem jeweiligen Auftrag anpassten.

Er begann sich unter dem frischen Wasser an das Seminar zu erinnern, dessentwegen er in diese Stadt gekommen war. Er trocknete sich mit dem weichen Handtuch von oben bis unten ab. Immer wieder verwundert über seinen irdischen sehr männlichen Körper, den er manchmal gar nicht spürte. So gut aufgehoben war er in seiner geistigen Welt. So gefangen allerdings manchmal auch.

Nachdem er frische Kleidung angezogen hatte, fühlte er sich wieder irdischer. Greg liebte es, die Reinigung im Hotel zu beanspruchen, das gab ihm das Gefühl umsorgt zu werden. Das weiße Hemd war frisch gestärkt und die Jeans zum Glück nur wenig gebügelt. Den dunkelbraunen Ledergürtel führte Greg zuerst zu seiner Nase und erst dann fädelte er ihn durch die Gürtelschlaufen. Er roch nach Leder. Dieser Geruch war ihm vertraut und er mochte ihn. Deswegen trug er auch nur Maßschuhe, denn er musste vorher an dem Leder riechen. Was andere für eine Macke hielten, war für ihn überaus wichtig. Er brauchte das Gefühl der Erdung, um nicht ungeplant abzuheben und dafür eignete sich eben nur das Leder, das er aussuchte.

Das Seminarhotel war groß und hell. Greg mochte das, weil es ihm das Gefühl von Weite gab. An der Rezeption händigte eine liebe Angestellte ihm die Liste der Teilnehmenden aus. Der Name von Rudolf von Walterskirchen war gelb markiert. Greg frage freundlich nach, weswegen.

Die junge Frau antwortete ihm mit einem schlichten: „Er wollte es so, sprach von einer Bekanntheit zwischen Ihnen beiden."

Greg seufzte. Rudolf wollte ihn offensichtlich provozieren. Auch seine Wortwahl ließ darauf schließen. Sie kannten einander aus wirklich alter Zeit. Na also dann. Greg stellte sich der Herausforderung. Wichtiger war es ihm allerdings die anderen Namen zu lesen und festzustellen, dass sie bis auf einen die gleichen geblieben waren. Dr. Helmuth Biegler fehlte. Makaber hätte es für jeden anderen gewirkt, doch Greg nickte stumm als er das „Verstorben" hinter diesem Namen las. Er selbst glaubte nicht nur an die Reinkarnation, er wusste, dass es sich so verhielt. Und Helmuth war wahrscheinlich auf dem Weg in ein neues, besseres Leben. Also blieben 11 Teilnehmende über.

Elf

Das Zahlwort elf, noch bis ins 19. Jahrhundert *eilf*, stammt vom althochdeutschen Wort *einlif* ab, gebildet aus den Wurzeln *ein* (eins) und *lif* (übrig) (vgl. englisch "left"). Es bedeutet also ungefähr „Rest eins". Es beschreibt den Rest, der bleibt, wenn man von elf (mit den Fingern) zehn abgezählt hat. Eine ähnliche Bildung gibt es im Litauischen: Die Zahlen elf bis neunzehn werden dort mit der Endung *-lika* gebildet, die zur Familie des Wortes *leihen - (über)lassen* gehört. Die Elfmänner im antiken Athen hatten die Aufsicht über das Gefängniswesen und überwachten den Vollzug der Todesstrafe.

Im 19. Jahrhundert wurde die Elf zur Zahl des rheinischen Karnevals. Den Prunksitzungen sitzt ein Elferrat vor, der Karnevalsbeginn wird in neuerer Zeit am 11.11. um 11.11 Uhr begangen. Dies soll sich aus dem abgekürzten Wahlspruch der Französischen Revolution „Egalité, Liberté, Fraternité" abgeleitet haben. Es mag jedoch zusätzlich eine Parodie auf häufig zehn- oder zwölfköpfige Gremien sein.

Die Elf ist die kleinste Schnapszahl.

Der Elfmeter im Fußballspiel rührt von den ursprünglich in angelsächsischen Maßen definierten Abmessungen des Spielfelds her. Exakt handelt es sich um 10,9728 m, also 12 yards. Seit 1870 bestehen Fußballmannschaften regelmäßig aus elf Spielern, daher das Synonym *Elf* für Fußballmannschaft.

11 kann symbolisch auch für den islamischen Ausdruck Allahu Akbar (*Gott ist groß*) stehen.

Elf = römisch XI

Elf, maskulin, keltische und germanische Märchen- und Sagengestalt; Naturgeister mit guter oder schlechter Gesinnung, *Fantasy:* menschenähnliche Wesen eher guter Gesinnung.

Die 11 geht einen Schritt über die vollkommene Zehn hinaus, zur nächsten Vollzahl, der Zwölf, fehlt ihr ein Schritt. Die 11 markiert mithin einen Ausbruch aus einem geschlossenen System.

Die 11 gilt in moderner Numerologie als 1. Meisterzahl. Sie ist Summe aus der Eins, der Zahl der Schöpfung und des Willens, und der Zehn, der Zahl des Durchbruchs. Alle Produkte der 11 (22, 33, 44, ...) gelten als Meisterzahlen. Gleichgewicht und Kraft.

Rudolf von Walterskirchen

Greg bedankte sich höflich und nahm den Seminarraumschlüssel in Empfang. Kurz darauf betrat er den vorbereiteten Raum und wunderte sich über das Chaos, das er vorfand. Er setzte sich in der Mitte des Raumes auf den Boden und prüfte die Energie.

„Greg Lundarski, tatsächlich. Wer könnte es auch anders sein?"

Die tiefe Stimme, die spöttisch lächelnd hinter Greg ertönte, riss ihn aus der Konzentration. Als Rudolf von Walterskirchen dann auch noch seine Hand auf Gregs Schulter legte und ihn tätschelte, sprang Greg auf, drehte sich blitzschnell um und blickte in die funkelnden grünen Augen von Rudolf. Dabei hatte er die Berührung abgeschüttelt, wie ein nasser Hund das Wasser.

„Untersteh dich!" funkelte Greg zurück.

Rudolf zeigte sein breites Lachen, das nur noch aus blitzenden Zähnen bestand. Sonor und tief lachte er und ausgelassen noch dazu. Greg hasste das. Er brauchte seine Konzentration auf den Raum und die Teilnehmenden und Rudolf polterte hier so einfach herein.

„Es darf doch jeder teilnehmen, oder? Du hast es so demokratisch und als Gutmensch in diese Seminarausschreibung geschrieben. Und außerdem macht es dir doch ohnehin Freude, mit mir hast du wenigsten eine Herausforderung an diesen drei Tagen. Einige von den Teilnehmenden habe ich schon gesehen, das sind ja zahme Schafe."

Und wieder lachte er laut. Am meisten störte Greg, dass Rudolf mit dem was er sagte, auch genau den Punkt traf, den auch Greg bemerkte. Sie waren beide Herzchirurgen an den Menschen. Wobei Greg die Herzen heilen wollte und Rudolf auf Beutesuche nach Liebesenergie war.

„Du wirst dich ganz normal benehmen, verstehst du?"

Greg war knapp daran, die Beherrschung zu verlieren. Da legte ihm Rudolf den Arm um die Hüfte. Warm und sanft fühlte sich das an.

„Verdammter Hund!" schimpfte Greg und Rudolf nickte leise.

„Ja, ich werde mich ganz normal benehmen. Versprochen. Außer vielleicht bei der spröden Brünetten, die werde ich vielleicht schon bald auf eine Weise knacken, von der du ja bekanntlich nicht so viel hältst."

Rudolf ließ Greg wieder los und zwinkerte ihm zu. Danach ging Greg zum Telefon im Raum, wählte die Nummer der Rezeption und bat um Hilfe bei der Vorbereitung des Seminarraumes. Danach ging Greg auf leisen Sohlen wieder aus dem Zimmer. Greg atmete tief durch. Rudolf und er standen für verschiedene Pole und dennoch hatten sie beide Seiten auch in sich selbst. Auf Rudolfs helle Seite war er damals hineingefallen wie ein Stümper. Seine Einsamkeit hatte Greg erdrückt und Rudolf beegnete ihm mit wachem Geist, der ebenso verbunden mit Höheren Mächten war, wie Greg auch. Während er versonnen über ihr Kennenlernen nachdachte, kam die kleine blonde Seminarbetreuerin herein.

„Ach du liebe Güte!" rutschte es ihr heraus.

Greg wandte sich ihr zu. „Ja, das kann man so sagen. Doch wir haben ja noch genug Zeit."

„Ich kann mir das gar nicht erklären, der Kollege hat doch gesagt ..."

„Bitte sparen Sie sich ihre Erklärungen, wichtig ist jetzt, dass der Raum fertig ist, wenn die ersten Teilnehmenden eintreffen. Ich werde eine halbe Stunde vorher wieder hier sein und meine Vorbereitungen treffen. Sie haben also genau zwanzig Minuten. Die sollten Sie nicht mit Reden verschwenden", sprach es und wandte sich zum Gehen.

Hinter seinem Rücken hörte er sie noch telefonieren und Anweisungen treffen. Genug der weltlichen Dinge. Greg beeilte sich, in sein Zimmer zu kommen. Dort zog er sich die Schuhe aus, lockerte den Gürtel und legte sich auf das ungemachte Bett. Seine Augen starrten an die Decke. Endlich zeigten sich die ersten Strahlen, bis nach und nach ein gleißend heller Mittelpunkt zu sehen war, von dem in alle Richtung weißgoldene Strahlen auf einem strahlend orangen Hintergrund aufzuckten und er ihre Hitze auf seinen Körper herab prasseln, in jede Zelle schlüpfen und ihn mit der heilenden Energie der Sonne anfüllte. Die alles transformierte, was schlecht oder dunkel war. Wie Kügelchen von Pech flogen diese negativen Energien aus seinem Körper, wurden transformiert und kamen als heilsamer Balsam in seinen Körper zurück.

Wenig später richtete sich Greg auf, stellte seine Beine fest auf den Boden und fühlte Wurzeln tief in den Boden wachsen. Die brauchte er, um mit den Menschen arbeiten zu können. Er atmete tief ein und verband sich gleichzeitig wie durch ein Fenster in seinem Kopf mit dem Himmel. So konnte über sein Rückenmark eine Verbindung entstehen, die ihn durch seine Taten begleitete, manchmal sogar zu ihnen führte.

Von außen war diese Verbindung nur daran zu erkennen, dass seine Augen leuchten und für Menschen, die so wie er hellsichtig waren an einem Strahlen seiner Aura. Rudolf von Walterskirchen war fähig das zu erkennen. Wenn das Strahlen hell und eindeutig war, konnte er nichts ausrichten, weil das Licht das Dunkel überdeckte.

Doch manchmal schlichen sich graue Schleider oder dunkle Schatten in Gregs Energiefeld und da war die Zeit für ein Scharmützel günstig.

Die Teilnehmenden

Fünf Frauen und sieben Männer waren diesmal angemeldet. Einer der Männer war Greg gut bekannt. Es war *Rudolf von Walterskirchen.* Für jeden der anderen hatte Greg nur eine Vermutung. Denn jedes Mal wenn er einen Namen las, entstand in ihm sofort ein Bild für die Person. Oft auch noch der Klang dessen Stimme oder der Geruch dessen Haut. Das war schon seit seiner Kindheit so, deswegen wunderte es ihn nicht, im Gegenteil, er war der Meinung jeder Mensch verfügte über diese Eigenschaft. Deswegen sprach er auch nicht darüber. Er nahm sich die

Namensliste vor und ging an das Kennenlernen der Teilnehmenden.

Dr. Helmuth Biegler – das vornehme Helmuth passte so gar nicht zum leutseligen Biegler und das Gefühl für diesen Mann war fast ein ... modriges. Etwas schien mit der Anmeldung nicht zu stimmen. Weiter zum nächsten Namen.

Christa Bruckner - von ihr ging eine ganz besondere Jugendlichkeit aus, ein Zauber fast, der sie umhüllte. Greg lächelte, das besondere an seiner Wahrnehmung hatte ihn schon oft in die Irre geführt, was das Alter der Person betraf. Oft fanden sich unter den jugendlichsten Energien ältere Menschen und umgekehrt. Deswegen beschwichtigte er sich selbst, nicht auf eine schöne junge Frau zu hoffen.

Andreas Krämer - eine Traurigkeit umgab diesen Namen. Gemischt mit vergangener Mutlosigkeit und doch mit einem Ansatz an Hoffnung. Greg fühlte, dass dieser Mann wohl als einer der ersten seine Geschichte loswerden musste. Er würde ihm die Gelegenheit geben.

Gerhard Glockner - interessanterweise kam seine Anmeldung von einer griechischen Mailadresse. Sie duftete nahezu nach dem Geruch von Meeressalz und Oregano. Das machte Greg neugierig, ebenso wie die viel zu früh entrichtete Seminargebühr. Gerhard wollte unbedingt dabei sein. Fast wie auf der Flucht.

DI Veronika Schuster - sie war bestimmt jung. Die Wortwahl ihrer Mail ergänzte Gregs Wahrnehmung von einer jungen Elfe. Aus welchem Grund kam sie ins Seminar? Die Antwort stellte sich flugs ein, es war wohl wegen ihrer besonderen Gabe.

Mag. Anna-Maria Bernsteiner - und darunter in kleinen Lettern „Kleinkindpädagogin". Mit dieser Bezeichnung konnte Greg nichts anfangen. Er schloss kurz die Augen. Ein Bild stellte sich ein. Anna-Maria selbst als kleines Kind. Alleine auf einem Hohlweg stehend. Ihr einziger Kontakt der Hund an der Kette. Zu dem traute sie sich nicht. Greg konnte die Einsamkeit förmlich spüren. Er atmete durch und öffnete die Augen. Das reichte vorerst. Ein Stück kindlicher Neugierde wollte er sich für Anna-Maria behalten.

Franz Watzka - die Anmeldedaten waren auf den Folder mehr gekritzelt, denn geschrieben. Franz war wohl von einfacher Herkunft. Am untersten Ende war eine kleine handgezeichnete Rose zu sehen. Daneben ein Pfeil und der Zusatz – so heißt meine Frau, sie hat mich zu Ihnen geschickt – und ein lachendes Smiley. Franz war bestimmt ein ganz besonderer Mensch.

Christian Berghammer M.A. - das M.A. hinter dem Namen trat stärker hervor. Christian Berghammer hatte einen Namensstempel verwendet, der seinem Titel gerecht wurde. Die übrige Anmeldung war mit Füllfeder ausgefüllt, deswegen war sie auch in einem Kuvert angekommen. Dieses wiederum mit einem Stempel als Absender, der schon fast einem Siegel glich. Greg spürte die Anspannung des Absenders, das Streben nach Ansehen und Perfektion. Er nahm einen Schluck Tee und einen zweiten Anlauf das Formular zu lesen. Der echte Christian Berghammer war kaum zu erkennen.

Dr. Irene Schmidt - eine Sachlichkeit umgab ihren Namen. Der zweite Impuls war das Innere eines Vulkans, dessen Ausbruch sich anbahnte. Greg legte seine Hände an dieser Stelle über das Papier. Leichter, weißer Dampf stieg auf. Gut, dass diese Frau in sein Seminar kommen wollte. Es war höchste Zeit.

Bea Wallner - das geblümte Briefpapier und die vielen Worte und Hinweise auf Weiterbildungen vernebelten Greg den Blick. Er schaute ein zweites Mal mit geschlossenen Augen und sah ein kümmerliches Häufchen Mensch, aufgetakelt gleich einem Zirkuspferd. Jedes Mal wieder fand sich eine derartige Person in einem seiner Seminare. Offensichtlich hatte er daraus noch zu lernen. Seufzend las er weiter.

Bernhard Rausch - wohl jeder andere hätte den Namen sofort erkannt. Bernhard Rausch war einer der bekanntesten Trainer im Umkreis. Ein Kollege sozusagen. Für Greg bedeutete das nichts. Er spürte die Energie eines jungen Rennpferdes, das ausgepowert am

Limit lief. Bernhard erschien ihm weit weg von der gesunden Form, die seine Performance brauchte. Gut, dass er bald ins Seminar kam, lange konnte das so nicht mehr weitergehen.

Die Begrüßung

Greg betrat kurz darauf abermals den Seminarraum. Hinter sich zog er seinen Trolley mit seinen Materialien nach. Jetzt waren die Sessel und Tische so platziert, wie er sich das vorstellte. Auch der Beamer war an und die beiden Flipchart Ständer wie vereinbart mit dicken Blöcken bestückt. Greg probierte die Stifte aus, die in den Stiftemulden lagen. Wie erwartet, funktionierten sie nicht. Gut, dass er immer sein Equipment dabei hatte.

„Guten Morgen!"

Plötzlich stand eine hagere, brünette Frau vor ihm.

„Ich bin Dr. Schmidt, Dr. Irene Schmidt. Und Sie? Leiten Sie das Seminar hier?"

Zweifel sprachen aus ihren Worten. Greg erinnerte sich. Irene Schmidt, richtig, das war die Frau mit dem weißen Dampf. Greg atmete tief durch und umhüllte sich augenblicklich mit der Aura des Unnahbaren.

Er setzte sein professionelles Lächeln auf und antworte Frau Dr. Schmidt mit einem lässigen „Ja."

Keine Lust habend, ihr jetzt noch mehr in ihren gierigen Rachen zu werfen. Rudolf fiel ihm ein. Just diese Dr. Irene Schmidt hatte er wohl mit der spröden Brünetten gemeint. Das Lächeln, das sich über sein Gesicht zog, deutete diejenige als einen charmanten Zug, nichtsahnend davon, dass es von Gregs Erkenntnis kam. Sie suchte sich einen guten Platz, zog ihre Kostümjacke aus, legte sie über den Sessel und stellte ihre Handtasche demonstrativ auf den Tisch. Die durchsichtige Bluse offenbarte eine zartbrüstige, hagere Gestalt.

Greg interessierte das nicht weiter, doch er wusste jetzt, welche Frau Rudolf gemeint hatte. Verdammt, soweit wollte er sich gar nicht mit ihm verbunden wissen. Dr. Schmidt verließ den Raum wieder. Zum Glück, Greg mochte es gar nicht, wenn Teilnehmende zu früh kamen, das störte ihn in seiner Konzentration. Er ging zur großen Fensterfront, die in den Garten führte und öffnete die schwere Terrassentür. Frische Luft strömte in den klimatisierten Raum, einige Blätter flogen von ihren Stapeln. Deswegen schloss er die Eingangstüre und versprach sich davon einen Moment der Ruhe. Kurz darauf steckte jemand den Kopf zur Terrassentür herein.

„Darf ich?" fragte der schlanke, sportliche Mann höflich.

Greg nickte. Da kam er schon auf ihn zu, streckte ihm die Hand entgegen und drückte sie fest.

„Bernhard Rausch. Ein Trainerkollege." Bernhard sagte das ohne jeden Unterton. Er stellte es fest. Greg spürte trotz der warmen Hand ein Zittern im Körper des Teilnehmers.

„Ja, ich habe sowas läuten hören. Gab es da nicht sogar einen Artikel über Sie in irgendeiner Zeitschrift? Verzeihen Sie, wenn ich irgendeine Zeitschrift sage, doch ich lese häufiger Bücher als diese Art der Lektüre."

„Ja." Bernhard lächelte. „Es stimmt schon, es ist irgendeine Zeitschrift und ich sollte mir darauf wohl nicht zu viel einbilden."

Dabei fielen seine Schultern ein wenig zu tief.

„Nein, nein, so habe ich das keineswegs gemeint. Sie können durchaus stolz darauf sein, dass Sie zu einem der besten Trainer von Ihren Teilnehmenden gewählt worden sind. Und es ist doch schön, wenn man scheinbar etwas bei den Teilnehmenden bewirkt hat. Aufrecht stehen!"

Bei diesen Worten legte er Bernhard die Hand auf das Rückgrat. Bernhard richtete sich auf. Greg wusste, dass es hier an Unterstützung von hinten fehlte. Er nahm seine Hand wieder weg und ging nach vorne zum Tisch, wo die Liste der Teilnehmenden lag. Darauf machte er jetzt das zweite Kürzel. So gelang es ihm, die Essenz jedes einzelnen und jeder einzelnen im Auge zu behalten. Neben Dr. Schmidt stand ein „L" für: ihr fehlt so viel Liebe. Bei Bernhard, dem er sich gleich per Du vorgestellt hatte, stand ein dickes „V", Vaterlinie zu schwach, muss gestärkt werden.

Dann bat er den jungen Trainerkollegen, die Terrassentüre wieder zu schließen. Bernhard tat, wie ihm geheißen. Er bot Greg daraufhin auch gleich weitere Hilfe an, doch jener lehnte ab. Bernhard verstand, verließ den Raum und schloss die Seminarraumtür von außen. Er wollte aufpassen, dass niemand zu früh in Gregs Konzentration hineinplatzte. Unverbesserlich in seinem Engagement. Sein Blick streifte durch den Gang. Dabei bemerkte er einen Mann, der zusammengekauert in der weitläufigen Lounge Garnitur des Hotels saß. Bernhard ging auf die Sitzgruppe zu und setzte sich ebenfalls. Fast wirkte es, als würde der andere sich unsichtbar machen. Bernhard kannte das von den Seminaren, bei denen er selbst als Trainer fungierte und war froh, ein Stück seiner Kraft zu spüren, anderen behilflich sein zu können.

„Kommen Sie auch zu diesem SELBST und NEU Seminar? Also ich habe mich angemeldet und jetzt weiß ich gar nicht…" leitete er in Worten ein, was in Franz Watzkas Körperhaltung zu sehen war.

Dieser richtete sich tatsächlich ein wenig auf und blickte Bernhard direkt in die Augen.

„Ja, so geht es mir auch. Ich bin Franz, Franz Watzka."

Dabei streckte er ihm seine große, kräftige Hand entgegen. Bernhards Hände nahmen sich dagegen zart aus, der Händedruck war verbindlich und warm. Franz war Bernhard nun näher gekommen.

„Meine Frau hat mich angemeldet. Sie dachte wohl, dass ich es nötig habe." Dabei lächelte er zaghaft.

„Ach was" erwiderte Bernhard, „wir alle haben es ab und an nötig, uns mit uns selbst zu beschäftigen."

Dass ausgerechnet der smarte, gutaussehende, durchtrainierte Mann, der ihm jetzt gegenüber saß, das sagte, beruhigte Franz ungemein. Vielleicht hatte sie ja doch recht gehabt. Seine Frau, die Rose hieß und ihm den größten Schatz auf Erden geschenkt hatte, seinen Sohn Jonathan. Von dem begann er nun zu erzählen und Bernhard berichtete von seinen beiden Kindern. Währenddessen näherte sich Gerhard Glockner den beiden Männern. Er freute sich, nicht der einzige männliche Teilnehmende an diesem vielleicht sogar esoterischen Seminar zu sein und setzte sich einfach dazu. Die beiden begrüßten ihn und sie stellten sich einander vor. Bernhard stellte fest, dass sie bis jetzt nur Männer waren, ihn erfasste die gegenteilige Sorge, vielleicht wieder in einem Kreis mit Konkurrenten gelandet zu sein. Der Trainer gleich inklusive. Zum Glück schlug die Uhr in der Lobby. Jetzt wurde es langsam Zeit, in den Seminarraum zu gehen. Bernhard stand auf und Gerhard und Franz taten es ihm gleich. Langsamen Schrittes folgten sie Bernhard, der zu wissen schien, wo sie hin sollten.

Greg hatte die Tür zum Seminarraum schon weit aufgemacht und draußen ein Flipchart mit einer riesigen Sonne auf dem weißen Blatt Papier platziert. Im Kreis stand S U N. Hinter den Männern waren Schritte zu hören. Die restlichen Teilnehmenden näherten sich. Drinnen im Raum waren die Sessel im Kreis gestellt, die Tische standen an der Wand. Vor jedem Sessel stand eine Namenskarte aus leuchtend gelbem Karton. Daneben lag ein dicker Filzstift.

Bernhard eröffnete den Reigen und schrieb nur seinen Vornamen auf die Karte. Franz und Gerhard folgten wiederum seinem Vorbild. Auch die anderen, die sich nunmehr ihre Plätze gesichert hatten, ergriffen den Stift und schrieben ihre Namen auf die Schilder. Manche den Vornamen, manche den ganzen Namen, manche sogar den Titel hinzu. Gut, dass die Schilder zwei Seiten hatten, denn Greg würde in den ersten Minuten den Vorschlag machen, sich beim Vornamen anzusprechen. Mit der einfachen Begründung, dass wir alle uns dann persönlicher angesprochen fühlten als wenn wir die Nachnamen oder Titel hörten. Rudolf von Walterskirchen hatte sich gleich neben Dr. Irene Schmidt gesetzt. Und sie gleich beruhigt, als Greg mit diesem Vorschlag kam. Auf sein Schild hatte er zuvor auch Rudolf von Walterskirchen geschrieben, um sich ihrer ebenbürtig zu erweisen. Nun tat er gönnerhaft und weise, dass auch sie beide bereit waren, sich auf den jeweiligen Vornamen reduzieren zu lassen.

Bevor er jedoch das Schild umdrehte und seinen Namen groß auf die anderen Seite zu malen, stand er auf, verbeugte sich vor Dr. Irene Schmidt und sagte mit sonorer Stimme: „Rudolf".

Daraufhin verzog sie sogar den Mund zu einem Lächeln, nickte und erwiderte „Irene".

Der Teilnehmer, der auch seinen M.A. und den ganzen Namen geschrieben hatte, war Christian Berghammer. Neben ihm saßen zum Glück auf der einen Seite Veronika und auf der anderen Seite Anna-Maria. Beide hatten ihre Titel und Nachnamen von Anfang an weggelassen, beide spürten die Unsicherheit des sehr gut aussehenden und perfekt gekleideten jungen Mannes. Sie lächelten ihn freundlich an, als er sein Christian Berghammer M.A. durch das einfache Christian ersetzte. Er lächelte scheu zurück. So interpretierten die Frauen das, in Wahrheit war ihm diese Anbiederung jetzt schon zuwider.

Greg wartete geduldig, bis alle die Namensschilder ausgefüllt hatten. Erst dann begann er zu sprechen. Er fühlte sich von Rudolf beobachtet, doch das störte ihn nicht weiter.

Die erste Frage war: „Wie seid Ihr zu diesem Seminar gekommen?"

Und schon war ein unruhiges auf dem Sessel Herumwetzen zu bemerken. Endlich fing Bernhard an.

„Also, ich fand den Folder zufällig in der Post und war gerade in einer kritischen Situation, also habe ich mich schnell angemeldet. Jetzt bin ich umso gespannter, was uns erwarten wird."

Christian, durch den Vorredner angespornt, wollte nicht schlechter dastehen und setzte fort.

„Mir ging es ganz ähnlich, auch jetzt bin ich erwartungsfroh und ungeduldig, ob der Titel nicht zu viel versprochen hat."

Danach lehnte er sich gönnerhaft zurück, so unter dem Motto „Trainer, zeig, was du kannst."

Ihm folgte Bea, die mit zittriger Stimme und ganz leise anhob zu sagen „Also, lieber Greg, ich bin ja so froh, dass wir per du sein können. In meinem Leben läuft gerade einiges durcheinander, ich hoffe, in deinem Seminar ein wenig Struktur und Ordnung in meinen Alltag holen zu können."

Dabei sah sie Greg fast flehend und doch mit einem Hauch von Flirt an.

Greg hörte die Worte, nickte und antwortete mit der Neutralität eines Priesters „Ja, Bea, das hoffe ich auch."

Die Frau gefiel ihm weder, noch konnte er die Tragödie spüren, die sie vorgab. Wahrscheinlich war sie eine derjenigen Frauen, die sich einen Retter im Außen erhofften, dafür würde er nicht herhalten können. Er notierte sich ein „Selbstverantwortung üben" hinter ihrem Namen und lächelte sie unverbindlich an. Bea bemerkte diese Unverbindlichkeit mit Unwillen, doch sie wollte es auf keinen Fall zeigen und lächelte zurück. Fast wie eine Fratze wirkte ihr Gesicht dabei und Greg schauderte. Diese Frau brauchte so viel echte Liebe zu sich selbst und suchte die nur im Außen. Das würde eine harte Lektion werden. Greg wandte sich von Bea ab und Christian zu. Jener nestelte an seinen Unterlagen herum und schien sehr nervös zu sein.

„Christian?" Greg verlieh seiner Stimme einen tieferen Tonfall, um den Teilnehmer zu beruhigen.

„Ja?" antwortete dieser fast wie automatisch.

„Ich wollte nur sehen, ob du als Ganzer anwesend bist. Verzeih mir bitte, doch du machst einen eher abwesenden Eindruck. Das ist spürbar."

Christian fühlte sich an seinen Vater erinnert, den er stets als dominant erlebt hatte und bekam rote Ohren.

Greg setzte fort „Versteh das bitte nicht als Kritik, du kannst dir auch gerne eine Pause erlauben, falls das hilfreich ist."

Dabei lächelte er Christian an, der nun gar nichts mehr verstand. Greg wandte sich an die anderen Teilnehmenden.

„Also, vielleicht hat mich Christian jetzt unbewusst daran erinnert, dass ich eine Übung vergessen habe, die sonst ganz am Anfang steht. Danach kann jeder von euch entscheiden, ob er eine Pause braucht oder nicht."

Dabei zwinkerte er Christian zu und lächelte den links und rechts sitzenden Frauen zu. Veronika und Anna-Maria nickten zustimmend. Vor allem die Kleinkindpädagogin hatte die Methode durchschaut. Nichtsdestotrotz fand sie die Intervention klug und sinnvoll und machte mit.

„Setzt euch bitte gerade hin. Beide Beine am Boden. Wer will kann auch die Schuhe ausziehen."

„Phh" klang es schrill von Irenes Platz, doch Greg kümmerte sich nicht weiter darum.

Er leitete seine „Ankommen-Übung" mit klaren, warmherzigen Worten an. Rudolf lächelte ihm schelmisch zu. Jener war längst präsent, er brauchte diese Atemübungen nicht und erfreute sich an Gregs Disziplin, weil er genau wusste, dass die ihm schwer fiel. Er kannte Greg als ungeduldigen, dynamischen Mann, der am liebsten gleich in medias res ging. Dennoch folgte Rudolf den Anweisungen, weil er die neben ihm sitzende Irene keinesfalls verunsichern, sondern sich lieber mit ihr verbünden wollte. Sie schien eine Missgunst in ihrem Herzen zu tragen, die er sich zunutze machen konnte. Wundersamer Weise machte sie auch brav mit. Rudolf sah, wie sie ihre Beine fest in den Boden drückte, tief einatmete, den Atem anhielt und dann wieder kräftig ausatmete. Er beobachtete ihre kleinen Brüste, die züchtig in einer hochgeschlossenen Bluse eingesperrt und durch das tiefe Atmen jetzt diese beinahe zum Platzen brachten. In seinem Kopf sah er

Irene bereits nackt vor sich, während er weiteratmete und dann doch den Blick wieder auf Greg richtete.

Greg beobachtete einen Teilnehmenden nach dem anderen, während er gewissenhaft weiter sprach. Er fühlte den gemeinsamen Atem der Gruppe und bemerkte, was diese Übung so wertvoll machte. Dass ein Atem den Raum füllte, die Teilnehmenden bei all ihrer Fremdheit plötzlich in einem Atemzug verschmolzen. Erst wenn er das wahrgenommen hatte, führte er die Übung zum Abschluss. Sogar Christian hatte sich auf das Atmen eingelassen, schließlich war das nichts Esoterisches. Gelöst und entspannt lehnte er sich in seinen Sessel zurück. Greg holte die Teilnehmenden sanft wieder in den Raum zurück. Einige von ihnen hatten während der Übung die Augen geschlossen.

Deswegen sprach Greg jetzt lauter und holte sie mit den Worten „Hier und jetzt bist du im Seminarraum angekommen" aus ihrer leichten Trance. Damit auch die letzten ankamen, nahm er seine Triangel heraus und schlug einen hellen, hohen Ton an. Jetzt spürte er, dass die Präsenz aller gestiegen war, sogar Rudolf setzte sich in seinem Sessel auf. Auch wenn Greg ahnte, dass das wohl mehr mit Irene Schmidt zu tun hatte, erfüllte es ihn doch mit Zuversicht, dass Rudolf ihn nicht gleich von Anfang an boykottierte. Er mochte die Scharmützel mit ihm, doch nicht auf Kosten seiner Teilnehmenden. Greg betrachtete Rudolf diesmal als Qualitätskontrolle für dieses Seminar. Schließlich war es Gregs erste Arbeit in diesem Bereich. Bislang konzentrierte er sich individuell auf einzelne Menschen und machte keinen Unterschied zwischen Leben und Arbeiten.

Franz, der auf der anderen Seite von Irene saß, war zum ersten Mal in seinem Leben in den Genuss einer Ankommensübung gekommen. Bisher hatte er sich durchgekämpft, durchgewurschtelt, durchgearbeitet, wo immer er angekommen war. Doch Durchatmen und Erden waren ganz neue Begrifflichkeiten für ihn. Natürlich atmete er ab und an durch. Allerdings erschöpft nach einer Tätigkeit, niemals zuvor. Als Gregs Blick auf ihn fiel, sah er, wie friedlich Franz nun seinen Platz einnahm, seine Beine fest auf den Boden gestellt und auf dem Gesicht ein leichtes Lächeln, das seine Züge feiner erscheinen ließ als beim ersten Kennenlernen. Hinter dem Mann fürs Grobe steckte wohl eine zarte Seele. Das bestätigte sich wenig später, als Franz von seiner geliebten Frau Rose und dem zwar spätgeborenen, doch umso großartigeren Sohn Jonathan berichtete. Greg ließ den Blick weiter wandern. Neben Franz saß Gerhard.

Gerhard, der Gutsverwalter aus Griechenland, der mehr einem alternden Bodybuilder glich. Gerhard war braungebrannt und muskulös. Von derlei Übungen hielt er nicht viel, doch hatte er mitgemacht, wohl um nicht zu sehr aufzufallen. Er strahlte etwas Wildes, Ursprüngliches aus. Das konnte Greg in dieser Runde gut brauchen.

Neben Gerhard kauerte die zarte, blonde, langhaarige, doch auch schon in die Jahre gekommene Christa. Christa war sehr geschmackvoll gekleidet und verdiente den Begriff apart. Bei der Übung hatte sie die ganze Zeit die Augen geschlossen und die Hände zu einem Mudra geformt. Offensichtlich war sie vertraut mit solchen Methoden. Greg erinnerte sich, dass sie zum Seminar gekommen war, weil sie in einer beruflichen Umorientierungsphase steckte. Gern wollte er sie dabei unterstützen.

An der Flanke zu seiner rechten war Beas Platz. Er konnte ihr Parfüm riechen, es duftete nach Rosen. Für ihn stank es aber eher, da er dieses schwere Duftwasser nicht mochte. Obwohl, wenn er Bea so ansah, sie brauchte wohl etwas, dass ihrer Körperfülle entsprach. Sie deckte mit dem Parfüm wohl auch etwas zu. Das würde er schon noch herausfinden.

Bea gegenüber saß Andreas, ein gutaussehender, schwuler Mann. An seinem Gehabe merkte Greg das nicht, doch er strahlte, als er von seinem Lebenspartner erzählte. So einfach war das. Bei der Übung hatte Andreas sich gut entspannt. Er wollte sich im Seminar wohl wappnen lernen, für das was vielleicht noch auf ihn zukam, wenn er sein Anderssein frei und glücklich leben wollte.

Neben ihm hatte Veronika Platz gefunden, die brünette Technikerin, deren Augen etwas Mystisches, Interessantes in den Raum funkten. Vor ihr würde Greg sich hüten müssen, in dem Sinne, dass er sich Veronika nicht zu sehr anvertraute. Sie war sehr hübsch und Greg immer noch ein Spieler, was seine Verführbarkeit betraf. Trotzdem würde er sie darauf ansprechen, weshalb sie genau hierhergekommen war. Unter vier Augen, versteht sich, denn das, was sie als Erwartung bei der Anmeldung angegeben hatte, war leicht als Alibi zu durchschauen.

Dann folgten Christian, Anna-Maria und Bernhard. Letzterer hätte die Übung wohl besser anleiten können, als Greg, doch er machte bereitwillig mit. Mit ihm würde Greg auch noch ein Gespräch unter vier Augen führen müssen. Vielleicht sollte er das tatsächlich mit allen machen?

Das diesbezügliche Fragezeichen auf seiner Stirn deutete Anna-Maria gleich als Zweifel an ihrer Person. Sie blickte ihn an wie ein scheues Reh, als er in ihre Richtung sah. Daraufhin entspannte sich Gregs Miene sofort und er lachte sie an.

„Anna-Maria – ich musste gerade an ganz etwas anderes denken, verzeih mir bitte."

Ihr Gesicht folgte seiner Entspannung und Greg wusste in diesem Moment, wie leicht sie manipulierbar war und wie stark sie sich davor schützen würde müssen. Gut, dass sie neben Bernhard saß.

Danach verkündete er, dass sie sich wohl jetzt eine erste Pause verdient hätten und öffnete demonstrativ die Terrassentür, durch die frische Luft in den Seminarraum flutete. Greg atmete tief durch und hieß alle negativen Energien, die er in und zwischen den Teilnehmenden wahrgenommen hatte durch die offene Flügeltür hinaus ins Universum gleiten, auf dass sie transformiert werden konnten.

Die erste Pause

Langsam erhoben sich alle von ihren Sesseln. Bernhard streckte sich lautstark. Bea kramte in ihrer Handtasche. Rudolf wartete stehend, bis sich auch Irene erhob. Dann nickte er ihr aufmunternd zu und ging mit ihr durch die andere Tür in den Pausenbereich, wo er ihr bestimmt einen Kaffee oder Tee bringen würde. Greg schmunzelte in sich hinein. Gut, dass sie nicht auf den gleichen Frauentyp standen. Im Augenwinkel bemerkte er, wie Veronika noch einen Augenblick auf ihrem Stuhl sitzenblieb und tief durchatmete. Er richtete es so ein, dass er erst in ihre Richtung blickte, als sie aufstand. Ihre Augen begegneten sich und beide spürten ein besonderes Gefühl in der Bauchgegend. Es war ihm danach, zu ihr hinzugehen und sie zu berühren, doch er hielt sich zurück. Nicht oder besser gesagt noch nicht?

Veronika strich sich den Pulli glatt und ging hinaus zu den anderen. Was sich da gerade in ihr ereignet hatte, verdrängte sie lieber. Das letzte Mal, als sie so ein Kribbeln im Bauch verspürt hatte, war das ganz schön schief gegangen. Und was diese Trainer für ein Völkchen waren, glaubte sie auch zu wissen. Wiewohl dieser Greg Lundarski doch ein besonderer zu sein schien.

Auch Bernhard war Veronikas Attraktivität aufgefallen, als sie gedankenverloren vor sich hinschaute: „Träumst du?"

„Ja, ich habe wohl ins Narrenkastel geschaut, sorry, hast du mich etwas gefragt?"

Sie blickte Bernhard, der ein ordentliches Stück größer war als sie aus naiven Kinderaugen an.

„Ja, ob du vielleicht auch etwas von diesem herrlichen Kirschkuchen haben willst. Er schmeckt vorzüglich!"

„Ah so, der Kirschkuchen. Ja, gerne nehme ich ein Stück, danke dir."

Sie nahm den Teller, den ihr Bernhard vor die Nase hielt, brav in Empfang.

„Weißt du auch, wo …" hub sie an zu sagen, doch sie entdeckte die Kaffeemaschine selbst und setzte daraufhin nur mit einem „Ah, hab sie schon gefunden, die Kaffeemaschine. Danke nochmals für den Kuchen." Sprach es und wandte sich von ihm weg in Richtung ihres Espresso, den sie unbedingt brauchte, um bei klarem Verstand zu bleiben.

Veronika, hatte sich, um ehrlich zu sein, schon in Gregs Stimme verhört. Sie war ein Ohrentier und konnte sich in Klängen verlieren. Als er angefangen hatte, die Begrüßungsworte zu sprechen, wusste sie schon, dass das Seminar gut für sie werden würde. Was immer auch dessen Inhalt war.

Bernhard spürte dieses abrupte Abwenden wie einen Schlag in den Magen. Zu lange schon lebten seine Frau und er mehr wie Bruder und Schwester zusammen, kam es kaum noch zu Zärtlichkeiten geschweige denn zu Sexualität. Er war ein Mann in den besten Jahren und wollte nicht immer nur sein Verlangen verdrängen müssen. So scannte er nun die anderen Frauen aus dem Seminar, nachdem seine Favoritin Veronika wohl kein Interesse zu haben schien.

Bea war ihm zu mollig, außerdem mochte er ihren Opferblick nicht. Christa war attraktiv, doch für Bernhard zu alt. Irene schien bereits ihr Herzblatt in Rudolf gefunden zu haben, überdies stand er auf mehr Oberweite und freundliche Augen. Anna-Maria wiederum wirkte ihm schlicht zu bieder und enttäuscht, Retter-Qualitäten konnte er derzeit nicht anbieten. Bernhard schlenderte in den Seminarraum zurück, holte seinen Block heraus und zeichnete ein Bett mit einer Nachttischlampe auf. Schrieb daneben hin „Nachtischschlampe" und lachte plötzlich auf. Offensichtlich tauchte aus seinem Unterbewusstsein ein Wunsch auf. Was er brauchte, war eine Nachtisch-Schlampe keine Nachttisch-Lampe.

Greg wandte sich ihm kurz zu. Als er erkannte, dass in Bernhard der Schelm erwacht war, nickte er ihm leicht zu. Danach schlug er den Gong, der den Fortgang des Seminares verkündete.

Bis die restlichen Teilnehmenden in den Raum kamen, war Bernhard mit seinem Smartphone schon auf der Seite gelandet, die ihm kürzlich ein Trainerkollege genannt hatte, der an einer, wie er es ausdrückte, „Leere Bett-Phobie" litt. Deshalb loggte er sich fern von Frau und Kindern vor den Seminaren regelmäßig ein und suchte sich jeweils eine Sie, die ihm seine Seele wärmte oder so. Mit Seele hatte Bernhard jetzt nichts am Hut. Er wollte seine Männlichkeit spüren und endlich wieder Leidenschaft leben. Auf der Plattform angekommen, sprangen ihm die Worte „Finde heute noch ein Date - innerhalb von 3 Minuten sind Sie startbereit und können nach potentiellen Flirt- oder Sexpartnern in Ihrer Nähe Ausschau halten" förmlich ins Gesicht.

Veronika spürte Gregs Blick in ihrem Rücken, als sie wieder in das Zimmer kam. Es fröstelte sie leicht, sie schob es auf die geöffnete Terrassentür. Was sie gespürt hatte, war die Ambivalenz in Gregs Gedanken.

Jener atmete tief durch und schob das Flipchart mit einem festen Ruck mitten in den Raum. Er blätterte die erste Seite um und jetzt konnten alle sehen, was den Vormittag über ihr Thema sein sollte. Intuition versus Verstand ?!

Greg ließ den Blick in die Runde schweifen und bat die Teilnehmenden ihre Assoziationen zu notieren. Innerlich kämpfte in ihm selbst gerade so ein Widerspruch: Sein Verstand untersagte ihm, etwas mit einer Teilnehmerin anzufangen – aber seine Intuition klopfte lautstark an, weil sie fand, diese Beziehung ist symbiotisch für beide. Er konnte das unmöglich als Beispiel anführen und hoffte auf brauchbare Informationen aus dem teilnehmenden Kreis.

Nachdem einige Minuten vergangen waren, teilte Greg die Gruppe in drei Dreiergruppen und in eine Zweiergruppe. Dazu holte er seine Zettel heraus, auf denen jeweils viermal 1, viermal 2, dreimal 3 und dreimal 4 standen und ließ alle aus dem Fächer von Zetteln ziehen. Die Gruppen setzten sich wie folgt zusammen:

Franz mit Anna-Maria
Gerhard mit Rudolf und Bea
Christa mit Christian und Andreas
Irene mit Veronika und Bernhard

Also der gutmütige Franz mit der rührigen Anna-Maria. Der immer noch erstaunte Gerhard mit dem durchtriebenen Rudolf und der unechten Bea. Die ehemalige Arbeitsbiene Christa mit dem strebsamen Christian und dem endlich geouteten Andreas. Die spröde Irene mit der hellfühligen Veronika und dem Trainerprofi Bernhard.

Der erste Vormittag

„Tauscht euch aus und berichtet dann von euren Erkenntnissen" hieß die Anweisung.

„Ich werde herumgehen und euch ein wenig belauschen, beobachten und unterstützen. In Ordnung?" Diese Frage war mehr rhetorischer Natur.

Langsam fanden sich die Gruppen zusammen.

„Ihr könnt diese Übung auch in den Sitzgruppen draußen in der Aula machen. Wie es euch am besten gefällt. Wichtig ist, die Erkenntnisse auf Karten zu schreiben, damit wir sie nachher alle im Raum haben. Danke!"

Rudolf ging als erster mit Bea und Gerhard hinaus. In dieser Gruppe war klar, wer Regie führen würde. Beim Vorbeigehen warf Rudolf Greg noch einen bitterbösen Blick zu. Die Art der Gruppeneinteilung war Rudolf verhasst. Was sollte er mit dem Schaf Gerhard und mit der pummeligen Bea anfangen? Nach wenigen Worten stellte sich jedoch Gerhard als weiser Mann und Bea als das Schaf heraus. Weise in dem Sinne, dass Gerhard auch gerne die Frauen nach seiner Pfeife tanzen ließ. Beide hatten mit Bea keine rechte Freude, weil sie salbungsvoll redete und den beiden Männern jeweils zu nahe kam. Sie war weit weg von deren Traumtyp Frau, also baten sie sie fast gleichzeitig, doch den Teil mit der Schreibarbeit zu übernehmen. Bea fühlte sich dadurch wertgeschätzt und die Herren hatten weniger Arbeit.

Greg nützte die Zeit der Gruppenarbeiten, um seine Gefühle zu Veronika zu ordnen. Die Aufarbeitung der Ergebnisse der Gruppenarbeiten selbst, würde ihm später leicht fallen, also konnte er sich das Abschweifen seiner Gedanken in Richtung Veronika erlauben. Sie hatte etwas an sich, das ihn bezauberte. Bestimmt stammte sie aus einer besonderen Familie und wusste so wie er, dass die Wesen auf dieser Erde nicht nur aus Knochen und Muskelmasse bestanden, sondern als geistige Wesen geboren wurden. Wahrscheinlich war es ihr auch unheimlich, was sich derzeit auf dieser Erde ereignete und sie wollte wohl, ihren besondere Eigenschaften auf den Grund gehen. So würde er sie auch ansprechen. Den Rest wollte er der Fügung überlassen. So bezeichnete er die Mächte gerne, die ihn leiteten. Entspannt lehnte er sich zurück.

Die zweite Gruppe mit Bernhard bemerkte gleich, dass sie es mit einem Trainingsprofi zu tun hatte. Geschickt moderierte er die Gruppe und hielt sich mit Input lange zurück. Auch bot er an, das Flipchart zu schreiben. Die anderen folgten ihm, weil sie ihm vertrauten. Bernhard würde ihre Beiträge wertschätzen, dessen waren sie sicher.

Ab und zu warf Greg einen Blick zu Veronika. Es war ein glücklicher Zufall, dass diese Gruppe im Seminarraum geblieben war. Sie wirkte ein wenig abwesend. Sie antwortete zwar auf Bernhards Fragen, doch es schien, sie trug einen versonnenen Gedanken mit sich herum. Auch das zog Greg magnetisch an.

Im Gegensatz zu Veronika war Irene selten aktiv. Ihr gefiel es offensichtlich, dass der gutaussehende junge Mann sich bemühte, Schwung in die Runde zu bringen. Schließlich bemerkte es Bernhard selbst, dass zwischen ihnen dreien ein Ungleichgewicht herrschte und sprach Veronika direkt an.

„Veronika, mir kommt vor, du denkst gerade über etwas nach. Magst du ihn mit uns teilen?"

Dabei erhob er die Stimme und sprach langsamer als sonst. Die übliche Methode, geistesabwesende Gruppenmitglieder in die Runde zurück zu holen. Veronika schrak auf.

„Verzeihung, ja, du hast recht, ich hatte mich gerade in einem Gedankenkonstrukt verirrt."

Danach versuchte sie, dieses zu erläutern und sprach wild gestikulierend. Greg sah nur ihr Gefuchtel und wusste, dass er selbst sie wohl auch innerlich berührt hatte und jetzt lieferte sie einen improvisierten Beitrag ab. Der würde immer noch wertvoll genug für die Gruppenarbeit sein. Bernhard fand das auch und ging daran, die Zusammenfassung auf das Chart zu schreiben.

Anna-Maria war eine gute Menschenkennerin geworden. Durch viele Schicksalsschläge hatte sie eine profunde Diagnosefähigkeit für ihre Mitmenschen entwickelt. Sie ging auf Franz zu, wie auf eines ihrer Kindergartenkinder.

„Ich bin Anna-Maria" sagte sie lächelnd und er folgte brav, indem er mit seiner tiefen Stimme brummte: „Und ich bin der Franz."

Anna-Maria erinnerte Franz an den IA aus Winnie the Pooh. Nicht dass sie ihn einen Esel nennen wollte, doch er trug eine Schwere mit sich, die ihn ein wenig gebückt gehen ließ. Auch was bisher während des Seminares aus seinem Mund gekommen war, ähnelte einem nachdenklichen Brummen. Anna-Maria beschloss, das gleich anzusprechen, bevor sie sich mit Franz um die Arbeitsaufgabe kümmern würde.

„Du, Franz, wieso bist du denn hier? Ich habe das offensichtlich nicht mitbekommen, als du es gesagt hast."

Franz betrachtete Anna-Maria, sie war klein und ein wenig pummelig, doch ihre blauen Augen leuchteten ihm freundlich entgegen. Der blonde Wuschelkopf mit starken Naturwellen sah ungebändigt aus, ihre Bluse wirkte zerknittert, das beruhigte ihn.

Diese Frau war auch nicht perfekt, so wie er, zu ihr traute er sich Vertrauen fassen.

„Ich bin hier, weil ich nicht weiterhin den Starken spielen möchte."

Anna-Maria blickte ihn fragend an.

„Weißt du, meine Frau und ich haben das wunderbarste Kind der Welt, unseren Jonathan."

Anna-Maria bemerkte, dass er schlucken musste.

Deswegen kam sie ihm zuvor und fragte flugs „Wie alt ist denn Jonathan?"

Denn wenn es um Kinder ging, kannte sie sich nun einmal aus. Franz überhörte die Frage und sprach weiter. So als ob er Angst bekäme, sonst den Mut zu verlieren.

„Anna-Maria Jonathan ist behindert. Nicht allzu schwer. Doch er ist eben nicht wie alle anderen Kinder."

Sein Blick ging zu Boden und er seufzte.

„Und ich versuche immer, Rose und ihn vor den Blicken und bösen Bemerkungen der Umgebung zu beschützen, doch langsam geht mir die Kraft dafür aus."

Diesmal sah er Anna-Maria hilfesuchend an. Diese legte ihm intuitiv die Hand auf die Schulter.

„Das war eine gute Entscheidung, hierher zu kommen. Du wirst sehen, hier können wir einiges lernen, um unseren Alltag besser bewältigen zu können."

Nach einer kurzen Pause fuhr sie fort. „Ich bin auch hier, weil ich unglücklich bin. Ich habe einfach kein Glück in der Liebe."

Dabei sah sie aus wie ein Küken, dem der Wind das Gefieder zerzaust hatte. Franz musste plötzlich lachen. Sein Lachen klang warmherzig, daher blickte ihn Anna-Maria erstaunt, anstatt verärgert an.

„Das dachte ich auch und dann kam Rose" polterte es aus ihm heraus.

„Und du, du bist ja eine Liebe, also da wird schon noch der Richtige kommen."

„Ja" Anna-Maria seufzte.
„Vielleicht manchmal zu lieb."
Sie setzte sich auf und richtete ihren Oberkörper gerade.
„Jetzt kümmern wir uns aber um die Aufgabe, gut?"
Franz nickte und folgte ab nun Anna-Marias Anweisungen.

Christa blickte die zwei Männer an und beschloss in der Sekunde, nicht ihr Assistentinnen-Ich auszupacken und sich gleich um das Schreiben zu reißen oder Protokoll zu führen. Sie lehnte sich zurück und schwieg. Andreas lächelte sie verständnisvoll an. Sie wollte wohl die beiden jungen Männer anfangen lassen. Er schaute Christian erwartungsvoll an, denn ihm unterstellte er ein Stück Wichtigtuerei und das schadete bei solchen Übungen nie.

Andreas beugte sich ein Stück nach vorne und warf dem Löwen Christian einen Brocken Fleisch hin: "Was meinst du, Christian, wie gehen wir es am besten an?"

Christian war wie immer folgsam und diszipliniert und schnappte nach dem Brocken Fleisch. Er schrieb den Übungstitel groß auf das weiße Flipchart: Intuition versus Verstand. Darunter zeichnete er auch gleich zwei Spalten, um die Gegenüberstellung möglichst einfach zu gestalten. Daraufhin wandte er sich den beiden anderen zu und schlug ein Brainstorming vor. Christa und Andreas lächelten einander zu und nickten. Sie begannen zu dritt Begriffe zu sammeln und diskutierten jeweils kurz, in welcher Spalte sie stehen sollten. Erst jetzt begriff Christian, dass Andreas um vieles feinfühliger war als er und dennoch männlicher aussah. Seine Hände waren groß, doch er griff die Gegenstände feinfühlig an. Er berührte Christa manchmal, wenn er sie in einer Aussage bestätigte. Und er blickte aus Christian tief in die Augen, wenn er mit ihm sprach. Das alles verwirrte Christian. Andreas zeichnete noch dazu sich durch seine funkelnden, intelligenten, türkisen Augen aus. Seine Haare verdienten die Bezeichnung kohlrabenschwarz, was herrlich zu seinem giftgrünen Hemd kontrastierte. Auch seine schwarzgestreifte Hose schien aus einem besonderen Material zu sein.

„Christian, wirst du das Flipchart präsentieren?"

Christa fragte anscheinend schon zum zweiten Mal. Christian kehrte gedanklich wieder in den Kreis zurück.

„Ja, wenn ihr wollt, gern."

Andreas bedankte sich für die gute Arbeit und auch dafür, dass sich Christian ins Rampenlicht stellte, das war nicht so sein Ding und das sagte er jetzt auch. Christa schloss sich dem Dank an und himmelte Christian sogar ein bisschen an, obwohl er leicht ihr Sohn hätte sein können.

„Du bist so korrekt und gewissenhaft, Christian!"

Christian hätte am liebsten entgegnet, das nütze ihm wohl auch nichts, männlich machte es nämlich ganz bestimmt nicht. Doch er nickte wohlerzogen und lächelte Christa mit seinem schönsten „idealer Schwiegersohn" Lächeln an. Andreas bemerkte die Unsicherheit in Christians Reaktion und beschloss, ihn im Laufe der drei Tage darauf anzusprechen. Und er wollte ihm seine eigene Geschichte erzählen, nämlich wie lange er sich selbst in diesem Gefängnis des Wohlverhaltens eingesperrt gehalten hatte und wie wunderbar die eigene Befreiung gewesen war.

Der Gong rief sie alle wieder in den Seminarraum zurück. Veronika zuckte merklich zusammen, als Greg den Gong schlug. Bernhard hatte Greg im Augenwinkel gesehen, er blieb ruhig. Und Irene reagierte kaum auf das Geräusch. Sie hielt nach Rudolf Ausschau. Die anderen Gruppen betraten mit unterschiedlichen Mienen den Raum. Rudolf blickte sofort in Irenes Richtung und nickte ihr zu. Irene schnappte ihren Sessel und stellte ihn wieder auf den alten Platz. Bernhard tat es ihr gleich. Veronika hätte einfach sitzenbleiben können, doch sie stand ebenfalls auf, ging einmal zur Terrassentür und wieder zurück, streckte sich und setzte sich wieder hin. Als alle wieder ihre Sitzplätze eingenommen hatten, fing Greg an zu sprechen.

„Bevor wir jetzt die Präsentationen sehen und hören, macht euch bitte noch Gedanken über folgende Fragestellung."

Er schaute jeden und jede einmal an, erst dann sprach er weiter.

„Überlegt, wer in euren Gruppen am aktivsten war, wer am wenigsten aktiv war und wer so durchschnittlich aktiv war. Das soll keine Bewertung werden, sondern wir werden mit diesen Unterschieden, die wir nicht beurteilen wollen, weiterarbeiten. Am besten, ihr schätzt euch selbst ein und geht dann noch einmal kurz in eure Gruppe – dort hinten bei den Stehtischen und gleicht die Ergebnisse ab. Dafür habt ihr jetzt zehn Minuten Zeit. Danach legt mir bitte ein Blatt mit den Namen und der Skala 1,2,3 auf den Tisch. 1 steht für den aktivsten Teilnehmenden. Dann habt ihr euch eine kurze Verschnaufpause verdient. Wir sehen einander um 11.40 Uhr wieder hier. Draußen ist Obst hergerichtet und Tee und Wasser."

Greg wandte sich wieder seinen Unterlagen zu. Er lauschte den Teilnehmenden ohne hinzusehen. Er fühlte, wie einige von ihnen der Schweiß ausbrach. Was wenn sie mit ihrer Selbsteinschätzung falsch lagen?

Christian schrieb als erster die 1 hinter seinen Namen, dann eine 2 für Andreas und eine 3 für Christa. Er stand auf und ging zu einem Stehtisch. Wenig später folgten Andreas und Christa. In dieser Gruppe waren sie sich einig. Veronika und Irene gaben auch einstimmig Bernhard die 1. Doch sich selbst jeweils eine 2 und der anderen die 3. Franz gab Anna-Maria den 1er und Anna-Maria sah das auch so. Rudolf beanspruchte den 1er natürlich für sich, um die anderen kümmerte er sich nicht. Gerhard nahm sich die 2. Und für Bea blieb nur die 3, sie selbst hatte sich jedoch die 1 gegeben.

Greg freute sich über die Diskussionen, die entstanden. Er erhob sich und ging hinaus und ließ die Türe hinter sich offen. Das kühle, doch nicht eiskalte Wasser aus dem wohlgeformten Krug rann seine Kehle hinunter. Er atmete tief ein und aus und kehrte wieder in den Seminarraum zurück, als das Gemurmel langsam verstummte und die ersten Teilnehmenden heraus kamen. Nach der Mittagspause würde er die Gruppen anders mischen. Alle 1er in ein Team, alle 2er und alle 3er. Er betrachtete die Reihung in den

Gruppen. Er würde diese Reihung noch öfter machen in diesen drei Tagen, wenn auch nach anderen Eigenschaften.

Als 1er hatten sich Anna-Maria, Bernhard, Christian und Rudolf als aktivste Teilnehmende gezeigt, als 2er Andreas, Franz, Gerhard und Irene und schließlich als 3er Bea, Christa und Veronika.

Als Greg Veronikas Namen auf der Position drei erblickte, wurde ihm warm ums Herz. Sie hatte der spröden Irene wohl nachgegeben. Vielleicht weil ihr der Inhalt nicht mehr so wichtig erschien, wie das, was noch auf sie zukommen würde. Er sonnte sich in dem Gedanken, dass er wohl Veronikas Gedanken beherrschte. Bevor sein Stolz überhandnahm, schlug er sicherheitshalber den Gong. Lauter als zuvor. Fast zuckte er selbst zusammen, als ihm der dumpfe, tiefe, metallene Klang entgegenschlug.

Die Teilnehmenden trabten brav wieder in den Raum. Greg hatte gelüftet, es war fast ein bisschen kühl. Irene zog sich ihre Weste an und seufzte laut. Vielleicht auch deswegen, weil Rudolf sich verspätete, wohl um seinen Auftritt als Letzter genießen zu können. Er kam wehenden Seidenschales, den er gekonnt um seinen Hals geschlungen hatte herein, brachte auf den Punkt was alle dachten.

„Ah, Frischluft, sehr gut, wenn auch ein wenig kühl!", setzte sich neben Irene und stellte die Beine wieder fest auf den Boden, die Arme verschränkte er demonstrativ.

Dann fragte er scheinheilig „Und was kommt jetzt?"

Greg ließ sich von ihm nicht irritieren. Er lächelte in die Runde.

„Nun, wie vereinbart, kommen jetzt eure Präsentationen. Welche Gruppe macht den Anfang?"

Greg hatte in vielerlei Gesprächen erfahren, dass es wenig bis keinen Sinn machte, wenn er seine Gegenüber fragte, ob sie denn anfangen möchten. Besser war es, ihnen keine Wahl zu lassen. Das sparte Zeit und verhalf zu mehr Dynamik. Er schaute zu Anna-Maria, weil er wollte, dass nicht schon wieder Rudolf, Bernhard oder Christian sich wichtigmachten. Anna-Maria verstand den

Appellblick nur allzu gut. Sie nickte unmerklich, erhob sich und nahm das zusammengerollte Blatt unter ihrem Stuhl hervor.

Dann wandte sie sich Franz zu „Kommst du mit? Wir sind ja nur zu zweit."

Franz kannte diesen Tonfall von Rose, er bedeutete „Hilf mir mit deiner Kraft, alleine pack ich das nicht." Also stand er auf, half ihr das große Blatt am Flipchart Ständer zu befestigen und baute sich links davon auf.

Um nicht stumm zu bleiben, rang er sich folgende Worte ab „Es war schön, mit Anna-Maria zu arbeiten. Was herausgekommen ist, wird sie euch jetzt präsentieren."

Beim Wort „präsentieren" musste er sich stark konzentrieren, doch alles ging gut. Auf dem Blatt war von den Teilnehmenden aus gesehen rechts eine Sonne gezeichnet und links stand das Wort Sonne. Anna-Maria bat Franz auf die andere Seite zu wechseln und zeichnete zur Sonne einige Vögel und den Himmel.

„Daher kommt unsere Intuition, in unserer Wahrnehmung direkt von oben in uns hinein, wenn es darauf ankommt."

Dann schaute sie Franz wieder an und er verstand und stellte sich wiederum auf seinen ursprünglichen Platz. Anna-Maria begann Worte zu schreiben. Zu dem S nach oben ein *Sinnhaftigkeit*, zu dem O nach unten ein *Ordnung*, zu dem ersten N nach oben ein *Nüchternheit*, zu dem zweiten N nach unten ein *Nachvollziehbarkeit* und zu dem E wiederum nach oben ein *Ergebnis*.

Jeweils kurz bevor sie das Wort auf das Blatt zeichnete, beschrieb sie, was sie damit meinten. Am Ende schloss sie mit dem Fazit, dass wir die geistige Intuition wohl genauso anwenden üben sollten, wie wir das mit dem Verstand schon tun. Und dass die beiden wohl gut miteinander existieren konnten. Wobei Franz und sie fänden, dass ein Mensch ohne Intuition wohl ärmer dran sei als ein Mensch ohne Verstand.

Irene sah Rudolf an. Christian sah Veronika an. Wohl fragten sie sich, ob das der Weisheit letzter Schluss sein konnte. Bernhard schmunzelte über diese Vereinfachung. Gerhard wunderte sich, wie einfach das Thema plötzlich geworden war, das ihm anfangs sehr komplex erschienen war.

Greg stand hinten und freute sich über die gute Zusammenarbeit zwischen Anna-Maria und Franz und er blieb gespannt, wie sich Anna-Maria später im Kreise der Einser machen würde. Er applaudierte und forderte die anderen auf, es ihm gleich zu tun.

Nachdem der Applaus verstummt war, erläuterte Greg dessen Zweck damit: „In unserer Zeit wird viel zu wenig Wertschätzung gegeben. Applaus ist ein hörbares Zeichen von Wertschätzung. Und außerdem haben die jeweils Präsentierenden keinen schalen Beigeschmack, wenn ihre Präsentation beendet ist und alles schweigt. Denkt an ein Konzert im Konzerthaus. Zwischendurch ist Klatschen verboten, doch am Ende bebt der Saal. Erlösend kann das sein."

Und ohne Atem zu holen setzte er mit der Frage fort „Wer macht jetzt weiter?"

Christian, der wegen der Einfachheit der vorangegangen Präsentation jetzt unbedingt die Komplexität des Themas darstellen wollte, zeigte auf. Damit überraschte er sein Team, Christa schaute erschrocken drein, Andreas kramte in seiner Tasche nach einem Taschentuch. Als sich Christian erhob und nach vorne preschte, fiel ihm plötzlich ein, dass die beiden auch mitgearbeitet hatten.

Deswegen fing er mit diesen Worten an „Wir, also Christa, Andreas und ich" dabei nickte er den beiden freundlich zu.

Greg dachte „Gut trainiert, der Junge." Und durchschaute Christian, der jetzt seine große Vorstellung abliefern würde und dafür wohl Lob erwartete. Das Bild war wesentlich komplexer, ein Mind Map, das die gesamte Fläche des Charts beanspruchte. Greg biss sich auf die Lippen. Verdammt, er hatte ganz vergessen, die Präsentationen zeitlich zu begrenzen.

Christian setzte damit fort, den Sinn eines Mind Map zu erklären, also die Felder und Äste. Das war die Gelegenheit für Greg.

„Wunderbar, danke dir Christian für die Erklärung, insofern ist das Mind Map ja nahezu selbsterklärend. Was haltet ihr davon, wenn wir es in der Mittagspause aufhängen und dann nur noch eventuelle Fragen abarbeiten. Nach dem Mittagessen. Also wenn euch das recht ist, dann erklär uns nur die Grundgedanken. Geht das?"

Schon wieder war es offensichtlich Greg nicht recht, was Christian vorhatte. Schon wieder fühlte sich der auf den Schlips getreten. Weil Christa und Andreas eifrig nickten, stimmte Christian zu und erläuterte die Spannungsebenen zwischen Verstand und Intuition und dabei ließ er es gut sein.

Greg würde in der Pause alle Arbeiten in einer Galerie aufhängen, damit sie den Nachmittag gut begleiteten. Doch das offenbarte er Christian jetzt nicht.

Als nächstes stand wie von selbst Rudolf auf. Er hatte auf das Flipchart von Bea die Gruppenmitglieder schreiben lassen und stellte sie auch in alphabetischer Reihenfolge vor.

Bea fühlte sich geschmeichelt, weil sie die Absicht Rudolfs nicht durchschaute als er anhob zu reden „Bea war in unserer Gruppe, sie hat das schöne Chart geschrieben und war auch stets hilfsbereit."

Das sollte im Klartext heißen, wir haben sie uns gut zunutze gemacht.

„Und Gerhard, offen gesagt, hatte ich dich unterschätzt und umso besser ist unser Ergebnis gelungen."

Rudolf war ein Talent der Inszenierungen. Er drehte das Flipchart vom Publikum weg. Befestigte das Chart und warf es nach hinten. Danach drehte er den Flipchart Ständer wieder um und begann neuerlich zu reden. Rudolf war nicht nur ein begnadeter Inszenierer, sondern auch ein ebensolcher akademischer Maler. Deswegen hatte er sich auch der Wachsmalkreiden bedient und am Ende seiner Ausführungen zeigte er zuerst Beas brave Mitschrift, um dann damit heraus zu rücken.

„Und als Bild habe ich die Inhalte so verarbeitetet."

Er blätterte abermals um und den Teilnehmenden und Greg zeigte sich ein Farbenfeuerwerk mit einigen graphischen Akzenten. Bea und Gerhard staunten. Dieses war eindeutig Rudolfs Werk, das er ganz und gar im Alleingang hergestellt hatte.

Greg wunderte das nicht weiter. In seiner Eigenschaft als Trainer sprach er das an. Wie sich das mit der Gruppendynamik verhalte und so weiter.

Rudolf blitzte ihn an. Mochten die anderen das akzeptieren. Er tat es bestimmt nicht. Irene himmelte ihn geradezu an, dass ausgerechnet er, der große, mächtige Mann eine künstlerische Seite in sich trug, imponierte ihr.

Jetzt stand Bernhard auf, wohl durch den Vortrag motiviert. Er nannte seine Gruppenmitglieder und bat sie, mit ihm das Flipchart zu erläutern. Das war seine Bedingung für Irene gewesen, als er ihrem Platz 2 zustimmte. Veronika betitelte er als „supporting woman", und führte aus, dass auch manchmal die weniger aktiven Teilnehmenden einen sehr wertvollen Beitrag lieferten, indem sie aufmerksamer zuhörten und beobachteten.

„Supporting woman". Dieser Ausdruck passte genau zu Veronika.

Greg folgte ihren Bewegungen als sie aufstand und sich neben Bernhard platzierte. Sie verfügte über einen sehr weiblichen Gang, der sich von ihrer eher burschikosen Figur abhob. Greg stellte sich Veronika in einem Kleid vor und mit Schuhe mit kleinen Absätzen. Vielleicht war sie zu oft als Frau verletzt worden und wählte jetzt den neutralen Look.

Während Greg noch mutmaßte, hatte Bernhard schon angefangen zu reden. Auch wenn Bernhard bemerkte, dass Greg wohl noch mit seinen Gedanken woanders war. Schließlich ging es um alle, nicht nur um den Trainer. Leichtes Konkurrenzdenken ließ Bernhard trotzig werden. Deswegen stellte er sich auch breitbeinig hin. Breiter als seine Hüften, was ihm das Aussehen eines Cowboys vor dem letzten tödlichen Schuss gab. Für ihn selbst oder denjenigen, der ihm gegenüberstand. In diesem Fall war das

Rudolf, der ebenfalls seine Beine spreizte und gleichzeitig seine Arme verschränkte.

„Komm nur her, dann läufst du gegen eine Mauer aus Stahl." Sollte diese Geste bedeuten.

Sie brachte Bernhard aus dem Konzept. Er begann, sich in seinem Satz zu verlieren. Veronika fiel das sofort auf. Irene war viel zu konzentriert darauf, Rudolf zu beobachten.

„Bernhard?" Veronika stupste ihn unmerklich an.

„Bei diesem Punkt ob der Verstand oder die Intuition wohl die größere Bedeutung haben, haben wir tatsächlich lange diskutiert, was die vielen Aspekte erklärt, die Bernhard jetzt ins Spiel bringt. Die Conclusio war allerdings..." dabei schaute sie Bernhard auffordernd an, der sich wieder gefangen hatte.

„Ja, die Conclusio war, dass wir finden, dass ohne unseren Verstand, der uns reden macht und formulieren die Intuition kein Sprachrohr bekäme. Wir haben uns daher für die Formulierung entschieden, die schon Peter Cornelius in seinem Lied verwendet."

Er holte sein Smartphone heraus und hielt es in den Raum.

Wenn ich ehrlich zu mir selber bin
wie oft ist es mir passiert
dass ich andere verlacht habe
weil sie nur aus dem Bauch agieren
wo bleibt die Vernunft
wo bleibt die Erfahrung
wie kann man so kopf- und planlos sein
ohne Verstand den Verlockungen nachgeben
Doch wenn die Seele hoch am Berg steht
bleibt der Verstand nicht gern im Tal
denn wenn die Seele hoch am Berg steht
ergibt sich der Verstand auf einmal

„Wir glauben also, ein ganzer Mensch braucht beides."

Greg begann zu applaudieren. Rudolf wunderte sich über Irenes Einverständnis zu so einem Lied. Veronika spürte wie immer bei dem Song Herzklopfen.

„Wunderbar, danke euch allen!" rief Greg euphorisch aus.

Und er dachte an das dicke Trainerbuch, das er sich vor kurzem vorgenommen hatte, in dem stand: Gehirngerechtes Arbeiten ist durch Beteiligung und eigene Kraft möglich. Wenn Sie wollen, dass Teilnehmende sich mit dem zu bearbeitenden Inhalt beschäftigen, geben Sie ihnen nur nicht zu viel Information. Erst wenn sie im Thema drinnen sind, dann können Sie loslegen! Am besten dient hierfür eine assoziative Übung in Gruppen.

„Während ihr euch jetzt das herrliche Essen im Restaurant schmecken lasst, werde ich die Inhalte für den Nachmittag aufbereiten und eine Runde laufen gehen. Das heißt wir sehen einander wieder in zwei Stunden. Nützt die Zeit bitte für etwas, das euch Kraft gibt. Wir werden bis in den Abend hinein arbeiten. Wie genau, vereinbaren wir nach der Mittagspause. Guten Appetit!"

Langsam erhoben sich die Teilnehmenden und schlenderten an Greg vorbei hinaus in den Gang zum Restaurant. Manche sagten „Bis später" andere hauchten „Mahlzeit", dritte gingen schweigend vorbei. Greg wusste, dass das weniger mit ihm zu tun hatte, als mit dem kommunikativen Bedürfnis der jeweiligen Menschen. Manche kippten lieber in die Reflexion, andere in die Kommunikation. Bei vielen Teilnehmenden überwog der Hunger, also das schlichte physische Bedürfnis.

Der Duft von gebratenem Fisch strömte in den Seminarraum, Greg atmete den Geruch ein und füllte seine Zellen mit all den Vitaminen des Mangolds, den er auch wahrnahm und mit dem Eiweiß des Fisches. Er musste schon hin und wieder echtes Essen zu sich nehmen, doch meistens tat er das nur in Gesellschaft von schönen Frauen. In Gruppen fühlte er sich außerhalb des Seminarraumes nicht wohl genug, um mit Messer und Gabel bewaffnet, Mahlzeiten zu teilen.

Minuten später stellte sein Magen auf satt und Greg konnte sich um die Arbeitseinheiten für den Nachmittag kümmern. Er nahm sich die Zettelchen mit den Reihenfolgen vor.

In der Gruppe der 1er waren nun Anna-Maria, Bernhard, Christian und Rudolf. Sie würden am Nachmittag eine besonders herausfordernde, fast waghalsige Aufgabe ausfassen. Die 2er, Irene, Franz, Gerhard und Andreas werden eine Aufgabe erhalten, die Mut erforderte. Die 3er hingegen, Veronika, Bea und Christa konnten sich mit etwas beschäftigen, das fast schon bequem war. Welche Aufgaben das genau sein würden, überlegte er sich als er sich sein Laufgewand anzog und die Schuhe überstreifte. Dann lief er los, seine Lungenflügel sogen die frische Luft ein, sein Kopf wurde leicht und frei. Seine Beine trugen ihn fast automatisch den Weg entlang, den er noch nicht kannte. Er verließ sich ganz und gar auf seine Intuition und ließ sich auf den Rhythmus seiner Seele ein.

Greg

Als er keuchend im Zimmer zurück war und das warme Wasser über seinen nackten Körper lief, dachte er an Veronika. Dieser Gedanke erregte ihn. Er drehte das Wasser kühler und kehrte in die Wirklichkeit zurück. Greg rubbelte sich kräftig ab, legte den kuscheligen Bademantel an und blickte zum ersten Mal auf die Uhr. Noch fast eine Stunde Zeit. Gut. Er setzte sich an seinen Laptop und hielt die Übungen in schriftlicher Form fest.

In seinem Hinterkopf spukte es „Veronika, Veronika, Veronika!"

Er wollte sich ihr nähern. Heute noch. Phasenweise spürte Greg eine immense Leere in seiner Seele. Er geriet den Tränen nahe und fühlte sich wie ein Alien zwischen all den anderen Menschen. Wenn ihn diese Stimmung überkam und er alleine war, wurde es noch schlimmer. Seine Glieder fühlten sich dann wie Blei an und das Atmen fiel ihm schwer. Es war ihm in diesen Momenten, als fiele er tief mit der Gewissheit wo zu landen, wo es keine Hoffnung mehr gab. Dies war wohl eine Seelenerinnerung an eine Situation des Scheiterns, des Alleingelassen Seins, die manchmal schon aufgrund der kleinsten Zurückweisung oder Kränkung heraufbeschworen werden konnte. Er, der er normalerweise überlegen, reflektiert und auch distanziert agierte, war seiner selbst in diesen Fällen ausgeliefert. Hilflos und ohnmächtig. Würde Veronika ihm Anlass geben, sich so elend zu fühlen?

Greg atmete tief durch und blickte gen Himmel. Eine kleine Wolke schien ihm zuzuwinken und Mut machen zu wollen. Vorwitzig schob sie sich vor die Sonne. Doch Greg konnte die Wärme der Sonne, seines Heimatplaneten genauso stark spüren wie zuvor. Er ließ das Licht in seinen Solarplexus fließen, holte sich die Kraft der Erde, indem er sich tief in ihr verwurzelte und bat um die Kraft des Himmels, indem er tief einatmete. Seine Zellen füllten sich bei jedem Atemzug mit Energie. Sie strömte von unten und von oben in sein Herz und verteilte sich beim Ausatmen in den ganzen Körper und in seine Aura. Danach fühlte er sich wesentlich gestärkt und war für die nächsten Stunden gut vorbereitet.

Die zweite Übung

Als die Teilnehmenden wieder in den Seminarraum kamen, waren die Sessel umgestellt. Drei Sesselkreise standen über den Raum verteilt. Die Pinnwände mit den Präsentationen von vorhin grenzten den Raum um die Sesselkreise ein. So würde die Energie des Vormittages den Nachmittag unterstützen. Hinter jeweils einem der Stühle befand sich ein Flipchart, auf dem entweder eine riesige 1, 2 oder 3 geschrieben stand. Unter den Ziffern fanden sich die Namen der in diesen Gruppen befindlichen Teilnehmenden.

1 Anna-Maria, Bernhard, Christian, Rudolf,
2 Irene, Andreas, Franz, Gerhard,
3 Bea, Christa, Veronika.

„Setzt euch bitte gleich in euren Kreis. Herzlich willkommen zur zweiten Übung!"

Als sie alle Platz genommen hatten, bat Greg die auf dem Stuhl vor dem Flipchart Sitzenden die Moderation der Gruppe zu übernehmen. Die rechtssitzende Person sollte den Inhalt überwachen und die linkssitzende Person die Zeit im Auge behalten. In den Vierergruppen könne die vierte Person noch dazu den Stil des Umgangs innerhalb der Gruppe beobachten, was in der Dreiergruppe dem Zeitwächter zusätzlich übertragen wurde.

Perfekt, denn das war Christa. Sie hatte sich oft im Büro über den Umgangston gewundert, manchmal sogar gekränkt. Es würde ihr also sehr leicht fallen, danach eine kleine „Kommunikations- und Wertschätzungsdiagnose" der Gruppe abzugeben, wie Greg das so schön genannt hatte.

Anschließend forderte Greg die Moderatoren auf, das erste Blatt nach hinten zu schlagen und die Aufgabe für die jeweilige Arbeitsgruppe zu offenbaren. Veronika, Irene und Christian taten wie ihnen geheißen. Die 3er freuten sich. Ihre Aufgabe kam ihnen entgegen.

Sie lautete: Geht hinaus in den Park des Hotels. Macht folgende Wahrnehmungsübungen. Daraufhin folgte eine Liste an Übungen wie zum Beispiel: Zieht euch die Schuhe und Socken aus und fühlt den unterschiedlichen Boden im Park. Oder – schließt die Augen und lauscht der Umgebung. Oder – schließt die Augen, haltet euch die Ohren zu und hört ausschließlich in euren Körper hinein. Oder – krümelt euch zusammen, macht euren Körper so klein wie möglich, zieht den Kopf ein und stellt euch vor, ihr müsstet es euch vor einer drohenden Gefahr schützen. Dann wieder – macht euch ganz groß, breitet die Arme aus, spreizt die Beine, streckt euch gen Himmel und stellt euch vor, dass die ganze Energie des

Universums zu eurer Verfügung steht. Jeweils am Ende der Übung fand sich ein: Notiere bitte deine Wahrnehmungen und auch die Gefühle, die durch diese Erfahrung in dir entstanden sind. Diese Notizen werden wir später anonymisiert brauchen können. Also nimm dir bitte kein Blatt vor dem Mund und hab keinerlei Hemmungen zu schreiben, was wirklich ist. Die Mitschrift soll bitte lesbar sein, weil sie jemand aus dem Hotel abschreiben wird, der uns alle nicht kennt und auch kein Interesse an den Inhalten selbst hat.

Fürwahr dieser ganze lange Satz stand an jedem Übungsblatt, das Greg vorbereitet hatte. Diese in Heftchen gebundenen Blätter fanden sich feinsäuberlich unten beim Flipchart liegend und waren namenlos, was sie auch bleiben sollten.

Bei Gruppe 1 stürzte sich Christian ehrgeizig gleich auf das zweite Blatt. Rudolfs Rolle war die des Wertschätzungswächters und sofort legte er los.

„Also Christian, das ist eine Gruppenaufgabe. Könntest du bitte zur Seite gehen, damit wir alle etwas sehen?"

Damit stellte Rudolf klar, dass er nicht nur der Wertschätzungswächter, sondern auch der informelle Leiter dieser Gruppe zu sein gedachte.

Greg hatte wohl extra die Moderatoren so genannt, damit die Alphatierkonflikte erst innerhalb der Gruppen auftauchten. Christian rückte ein Stück zur Seite und alle konnten nun lesen, was sie zu tun haben würden.

Zum Hotel gehörte ein Klettergarten. Dort würde ein Mitarbeiter des Hotels sie schon erwarten. An der Rezeption bekämen sie ihre Ausrüstungen und in einer Viertelstunde sollten sie unten am Kletterpark eintreffen. Dort würden sie alle Details erfahren.

Anna-Maria zuckte zusammen, sie hatte mehr als großen Respekt vor der Höhe, vielleicht sogar Höhenangst. Rudolf spürte diese Energie und zog seine warmherzigste Miene auf.

„Anna-Maria, so schlimm wird es nicht werden. Verlass dich auf mich."

Die kleine Frau und der mächtige Mann. Rudolf verspeiste Frauen vom Kaliber Anna-Marias zum Nachtisch. Jetzt würde er sich einmal um sie kümmern, denn wer weiß, wann die spröde Irene endlich seinem Werben nachgab.

Anna-Maria blickte ihn dankbar an. Bernhard, der bisher noch gar nichts gesagt hatte, meldete sich jetzt als Zeitwächter zu Wort.

„Ich glaube, wir sollten uns in Bewegung setzten, die Zeit läuft."

Christian funkelte ihn an, doch Rudolf und Anna-Maria folgten brav und setzten sich in Bewegung. Andreas lächelte Christian einfach an und folgte den beiden. Christian wähnte sich zumindest sicher, dass er diese Prüfung meistern konnte. Er war gut trainiert und sportlich und darauf würde es wohl auch ankommen. Insgeheim freute er sich schon auf Rudolfs Figur auf dem Klettersteig. Da würde sich schon zeigen, wer hier der Leiter der Gruppe sein konnte.

An der Rezeption wurden sie alle zuerst gefragt, ob sie denn Sportschuhe mithätten. Alle vier bejahten, es war schließlich in der Einladung gestanden, dass es auch zu sportlichen Aktivitäten kommen könnte.

„Gut" die freundliche Rezeptionistin nickte zustimmend. „Dann ziehen Sie sich jetzt bitte Ihre Sportmontur an. Der Andi wartet schon unten auf Sie und wird sie genauer einweisen. Von ihm bekommen Sie auch Ihren Helm, Ihren Sitzgurt und Handschuhe."

Christian übernahm die Koordination und sagte, während Rudolf Anna-Maria den Arm um die Schulter legte, „Fein, dann treffen wir einander gleich unten, einverstanden?"

Rudolf zog Anna-Maria noch ein Stück näher an sich heran.

„Ich warte hier auf dich, wir gehen gleich gemeinsam hinunter, gut?"

Anna-Maria genoss die Kraft und den Geruch Rudolfs, wenngleich sie sich nicht vorstellen konnte, dass er ernsthaft an ihr interessiert war. Sie nickte ihm zu und entschwand gleich einer Elfe in ihr Zimmer. Rudolf bewohnte ein Zimmer im Erdgeschoss, eines der Trainer Zimmer, weil er sich bei der Buchung als Gregs Co-Trainer ausgegeben hatte. So war er tatsächlich lange vor Anna-Maria wieder vor der Rezeption und studierte den Flyer des Hochseilgartens.

Höher, schneller, weiter! Mit dem Flying-Fox „fliegen" Sie an einem 565 m langen Stahlseil befestigt über den See. Natürlich mit Sitzgurt und Anhängevorrichtung ausgerüstet. Von der Startplattform beim Waldseilpark Golm bis zur Landeplattform beim Alpine-Coaster-Golm überwinden Sie einen Höhenunterschied von 47,5 m. Und das bei einem Gefälle von ca. 8,4°! Geschwindigkeiten von bis zu 70 km/h machen diesen riesigen Flying-Fox zu einem Erlebnis der Extraklasse - **Adrenalinkick inklusive.**

Aha, so lief das also. Anna-Maria kam die Treppe herunter und Rudolf legte den Folder flugs zurück. Sie jetzt nur nicht zu früh verunsichern.

Die anderen beiden warteten schon bei Andi auf sie. Jener war ein durchtrainierter Naturbursche, der alle vier mit einem strahlenden Lächeln begrüßte. Ihre Übung bestand aus drei Etappen. Zuerst bekämen sie gezeigt, wie man im Hochseilgarten voran kommt und die Sicherheitsroutinen erklärt. Danach brauchte Andi den einfühlsamsten von ihnen, um die Gruppe anzuführen. Dieser sollte jedoch nicht nur einfühlsam, sondern auch sportlich und verantwortungsvoll genug sein, um jener Rolle entsprechen zu können. Er blickte in die Runde. Einmal hin und dann wieder zurück.

„Bernhard, möchtest du die Gruppe anführen?"

Diesmal zuckte Christian zusammen. Wie konnte dieser junge Mann ausgerechnet Bernhard aussuchen?

Bernhard bejahte laut „Ja, gern."

Andi erklärte die Route, die sie hoch hinauf zur Startplattform bringen würde.

„Und wenn ihr ein Problem habt, dann ruft laut. Ich bin da und kenne die Abkürzungen. Das heißt, ich bin dann ganz schnell bei euch und helfe."

Christian schnaubte verächtlich und Rudolf sagte in dessen Richtung „Das ist sehr gut zu wissen, vielen Dank!"

Andi warf einen Blick auf Rudolf.

„Darf ich Sie fragen, wie viel Sie wiegen? Das ist nämlich wichtig für die dritte Etappe."

Rudolf richtete sich auf und antwortete laut „105 kg", ist das zu viel?"

„Nein, die dritte Etappe gelingt bis 110 kg."

Rudolf wusste das schon, schließlich hatte er den Folder gelesen. Er wog locker 110 kg, doch das würde er hier nicht verraten, er ging davon aus, dass immer noch ein Sicherheitspolster in der Vorschrift inbegriffen war.

Bernhard begann, sich den Gurt nach Andis Hinweisen anzulegen. Die anderen taten es ihm gleich. Die Sicherheitseinweisung gestaltete sich kurzweilig. Anna-Maria begann, Sicherheit zu gewinnen.

„Berg heil, wir treffen uns spätestens oben auf der Startplattform für die dritte Etappe."

Bernhard fing damit an, jeden nach seiner Schrittgröße zu fragen, indem er sich neben Christian und Rudolf und Anna-Maria stellte und deren Schrittgrößen mit seiner verglich. So würde er sichergehen, die anderen nicht zu überfordern. Er stellte sich auf Anna-Marias Schrittgröße ein und bat die beiden Männer, Anna-Maria in ihre Mitte zu nehmen. Christian ging hinter Bernhard, wenngleich ihm das zuwider war.

Die ersten Treppen und Klettersteige bewältigten sie alle bravourös. Bis das Spinnennetz kam. Ein Geflecht aus Tauen, an dem man sich nur mit Kraft und Anspannung entlanghanteln konnte. Bernhard schaffte es mit Mühe, Christian mit Leichtigkeit, Anna-Maria hing in der Mitte fest. Christian vor ihr und Rudolf hinter ihr.

Der eine rief „Weiter, das geht schon noch."
Der andere schlug vor, besser Andi zu rufen.
„Aber nein, das schaffst du schon, spann deine Bauchmuskeln einfach an."
Anna-Maria hing in dem Netz wie die Beute, ihr kamen die Tränen. Bernhard übernahm das Kommando.
„Wir rufen Andi, und zwar alle zusammen."
Drei riefen laut, einer ganz leise „Wir brauchen Hilfe, Andi."
Flugs wie herbeigezaubert, stand er auch schon da. Neben Rudolf auf der Plattform vor dem Spinnennetz.
„Ojegerl, das haben wir gleich."
Seine Stimme hat etwas Ermutigendes. Er schwang sich zu Anna-Maria, das Netz gab nach. Doch da hatte er sie schon gleich Spiderman in seinen Arm genommen und zog sie mit hinauf. Dorthin wo Christian stand.
„Wir brauchen Platz, gehst bitte auf die Seite."
Andi blieb freundlich, doch bestimmt. Christian ging ein Stück zur Seite. Abermals war ihm das selbst nicht eingefallen. Und es fiel ihm leider auch noch immer nicht auf. Andi beruhigte Anna-Maria.
„Das war eindeutig das Schwierigste. Bis bald, ihr seid gleich oben." Und schon war er wieder weg.
Rudolf bewältigte das Netz allein durch seinen Willen und seine Kraft. Endlich standen sie alle vier vor dem letzten Übergang zur Startplattform.
Bernhard sah zuerst, wofür diese Plattform diente und bekam ein mulmiges Gefühl.
Christian nahm es wie immer sportlich, er stieß ein „Herrlich, dieser Ausblick" aus.
Anna-Maria atmete durch, sie war froh, die zweite Etappe geschafft zu haben und war noch nicht bereit für die dritte.
Rudolf freute sich darüber, endlich seinem Traum vom Fliegen ein Stück näher zu kommen. Er verspürte keinen Funken Angst. Andi schwang sich aus dem Nichts zu ihnen auf die Plattform.

„Das ist jetzt also die dritte Etappe. Ich helfe euch dabei, supersicher zu sein und dann macht ihr euch auf die Reise."

Bernhard blickte in die Runde.

„Will jemand von euch als erster?"

Das war die Gelegenheit für Christian. Er wartete keine anderen Antworten ab, sondern hüpfte in Startposition.

„Ich fange gerne an."

Andi schmunzelte, er kannte diesen Typ Mann nur all zu gut.

Als Christian ins Tal segelte, bemerkte Anna-Maria die Tragweite dieser Übung und murmelte „Also, ich weiß nicht so recht."

Bernhard und Andi fühlten sich angesprochen und hoben gleichzeitig an zu sagen.

„Keine Sorge, das ist ganz save."

Sie blickten sich an und lachten. Anna-Maria lachte mit.

„Damit du es gleich noch einmal sehen kannst, starte ich jetzt."

Bernhard kannte das an sich, wenn er anderen Mut zusprach, wurde er dadurch auch mutiger. Andi machte ihn sicher und dabei berührten sich die beiden Männer flüchtig. Es war keine sexuelle Berührung, sondern eine, die hieß „Du schaffst das, keine Sorge."

Andi tat das nur bei Menschen, die eine Berührung zuließen. Jene waren es meistens auch, die darauf ansprachen und sich unterstützt fühlten. Bernhard fühlte sich wohl dabei, einmal nicht der Coole sein zu müssen. Von Christian hatte Andi seine Finger gelassen. Der war ohnehin stark genug. Vermeintlich jedenfalls. Jetzt folgte Anna-Maria. Fast liebevoll wurde sie von Andi gesichert und fuhr los. Bei Rudolf wartete Andi noch eine Zeitlang. Bei dessen Gewicht würde er bestimmt viel schneller sein als die zarte Frau vor ihm. Schließlich fuhr auch Rudolf los. Als er unten ankam, nach einer Fahrt durch den Wald und anschließend über den klaren See, bei dem sich alle fragten, wo der denn beim Herfahren gewesen war. Die Zielplattform zeichnete sich durch eine sanfte „Hin und Her Schwenkbremse" aus. Erst wenn man ausgependelt hatte, konnte man leicht auf die Plattform steigen.

Unten wartete schon das Hotel Taxi, um die Herrschaften wieder zu ihrem Ausgangspunkt zurückzubringen. Dort lieferten sie Andi die Ausrüstungsgegenstände wieder ab, bedankten sich bei ihm und trabten ins Hotel zurück. An der Rezeption erhielten sie ihre nächste Anweisung.

„Nach einer kurzen Ruhepause findet euch bitte wieder zusammen und macht diesmal eine Reihung, wer wohl der Kritischste unter euch gewesen ist. Wir treffen einander um 17 Uhr im Seminarraum."

Im Vorraum stand das Pausenbuffet. Die vier nährten sich gut und atmeten durch. Danach machten sie sich an das Ranking. Dessen Ergebnis sah nach einer längeren Diskussion so aus: Christian, Rudolf, Anna-Maria, Bernhard.

Bernhard fiel während des Gespräches auf, dass er wohl eine Tendenz hatte, zu machen, was ihm gesagt wurde. Folgsam zu sein. Seine Jahre beim Bundesheer hatten scheinbar Spuren hinterlassen.

Christian führte das Ranking an und fühlte sich in seiner Expertenrolle bestätigt. War er doch schon zum zweiten Mal als erster genannt worden. Beim nächsten Kriterium würde das wohl anders aussehen. Der heutige Tag war für ihn gerettet.

Weit gefehlt. Als sie in den Raum zurück kamen und die anderen noch nicht da waren, überreichte ihnen Greg ihre Reflexionsblätter. Schließlich ging es in diesem Seminar um reflektierte Erfahrungen und nicht um schnelle Ergebnisse. Die Fragen auf den Blättern bezogen sich auf die jeweiligen Situationen und welche Gefühle wohl in jedem einzeln entstanden waren. Sie könnten das auch gerne in Zweiergruppen besprechen.

Anna-Maria blickte Rudolf hilfesuchend an und jener nickte ihr zu. An Bernhard hing die schwere Aufgabe, Christian zur Reflexion zu bewegen. Bernhard fischte in seinem Erfahrungsschatz als Coach und schlug vor, zuerst jeder selbst und dann gemeinsam. So konnte er seine Reflexion in Ruhe machen und Christian danach unterstützen.

Christian fand diese Idee ausgezeichnet, er würde sich vorerst Stichworte, wenn überhaupt notieren. Diese Gefühlsduselei mochte er so gar nicht. Und mit Bernhards Beitrag dann wohlfeile Formulierungen finden. Zum Beispiel auch für seine Wut, die Gruppe nicht leiten zu dürfen, wiewohl er sich doch auch diesmal als der beste von ihnen herauskristallisiert hatte. Auch auf ihren Blättern stand zum Glück, dass die Reflexionen anonymisiert abgetippt werden würden. Von jemanden, der sie alle nicht kannte.

Greg hatte bei diesem Satz schmunzeln müssen, längst waren die jeweiligen Gefühle ihm in sein System übertragen worden, er konnte die Teilnehmenden dadurch besser spüren. Die Dokumente, die später aus dem Sekretariat des Hotels kommen würden, dienten nur deren Sicherheit. Greg brauchte sie keineswegs. So wusste er bereits, dass in Gruppe drei auch das Ranking schon erfolgt war.

Die Kritischste war diesmal Bea gewesen, gefolgt von Christa und Veronika. Ganz klar, Bea hatte die meisten Schwierigkeiten, sich auf die Übung einzulassen und Veronika die wenigsten. Diese Wahrnehmung erfüllte ihn mit einer wärmenden Zärtlichkeit.

Die mittlere Gruppe war wie so oft die schwierigste. Wie lässt sich Durchschnitt herausfordern, wie die Mitte in ihrer Ausdehnung fest machen?

Greg wählte für Irene, Franz, Gerhard und Andreas einen ganz anderen Weg. Auf ihrem zweiten Flip Chart fand die Gruppe zwei einen Plan vom Hotel. Einzelne Felder waren in Farben markiert. Darunter stand eine Legende. I....blau, F...grün, G...türkis, A...orange.

Auch bei diesem Flip Chart lagen Mäppchen zu dessen rollenden Füssen. Darin stand die Arbeitsanweisung.

„Findet euch in den euch jeweils zugeordneten Farbfeldern, respektive Abteilungen ein. Dort fragt ihr nach euren weiteren Aufgaben. Das Personal weiß Bescheid."

Irene war dem Servicebereich zugeordnet, Franz der Bar im Restaurant, Gerhard durfte oder musste in die Küche und Andreas in das Büro des Geschäftsführers.

„Für besondere Aufträge" stand bei allen in der Beschreibung. Doch jeder fühlte sich damit im Speziellen angesprochen. Mit Herzklopfen verabschiedeten sie sich voneinander und gingen in „ihre" Abteilungen. Wenn sie von ihren Ausflügen wieder zurückkommen würden, würden sie ebenfalls Reflexionsfragen vorfinden.

Andreas ging beschwingt zum Büro des Geschäftsführers. Dessen Gesicht kannte er aus der Hotelbroschüre und es wirkte freundlich. Andreas klopfte an die Tür.

„Herein."

Die Stimme klang leiser, als es sich der Klopfende gewünscht hatte. Er öffnete die Tür langsam. Der Mann am Schreibtisch hob leicht seinen Kopf. Andreas machte die Tür hinter sich zu und stellte sich vor. Ein Lächeln huschte über das Gesicht des Geschäftsführers.

„Ach so, Sie sind das. Ich hatte Schlimmeres befürchtet."

Er stand auf und reichte Andreas die Hand. Dabei begegneten sich ihre Augen. Der Händedruck dauerte einen Moment länger als üblich.

„Ja, Herr Krämer. Ich habe mir eine spezielle Aufgabe für Sie überlegt. Wir haben die Auflage bekommen, unser Haus auf Barrierefreiheit zu überprüfen und mit allen relevanten Abteilungen einen Bericht zu erstellen. Ihre Aufgabe wird es sein, mit allen Betroffenen diese Information zu teilen und erste Eindrücke zu sammeln. Darüber hinaus sollten Sie es auch schaffen, als ein externer Experte aufzutreten, der es meinen Mitarbeitenden nahelegt, die notwendigen Schritte einzuleiten, anstatt in den Widerstand zu gehen. Wie Sie an meinen Worten erkennen können, wird es Widerstände geben. Diese Auflagen bedeuten bestimmt Mehraufwand für meine Mitarbeitenden. Und sie fragen sich auch, inwiefern wir alles regeln können. Denn bislang haben wir auch allen Behinderten weiterhelfen können. Ganz persönlich nämlich. Und nicht durch Gesetze geregelt."

Jetzt machte er eine Atempause. Andreas sah das Booklet, das vor ihm zum Liegen gekommen war.

„Darin finden Sie die Vorschriften bis ins letzte Detail, bitte machen Sie sich vorher ein Bild, danach habe ich Ihnen das Konferenzzimmer reservieren lassen und bereits Termine an alle relevanten Personen vergeben. In einer halben Stunde geht es los."

Andreas griff sich das Booklet.

„In Ordnung, das ist wirklich ein großer Brocken, denke ich." Mutig fügte er noch hinzu „gut, dass Homosexualität nicht mehr als Behinderung gilt, oder?"

Irritiert blickte ihn der Geschäftsführer an. Erst als Andreas seinen Kopf leicht schräg legte und mit den Schultern zuckte.

„Ja, da haben Sie vollkommen recht. Wenn ich sonst noch etwas für Sie tun kann, kommen Sie einfach in mein Büro."

Andreas lachte in sich hinein. Es war wohl so, dass es immer wieder verlockende Angebote gab. Doch er hatte Daniel so lange hingehalten. Dieses Glück wollte er noch nicht aufs Spiel setzen. Er schnappte sich das Booklet und ging nebenan in das Konferenzzimmer.

Irene besuchte noch den Waschraum, bevor sie sich ins Restaurant begab. Sie blickte in den Spiegel und fragte sich, weswegen ausgerechnet sie im Service gelandet war. Vielleicht, weil sie nichts so verabscheute wie den Pöbel. Denn selbst in einem Seminarhotel wie diesem würden die Gäste das Personal wohl nicht allzu wertschätzend behandeln. Sie wusch sich die Hände gründlich. Dann richtete sie sich auf und zog in den Kampf. Im Restaurant wartete schon der stellvertretende Restaurantleiter auf sie. Er begrüßte sie mit einem breiten Lächeln im Gesicht.

„Schön, dass Sie da sind. Wir sind heute Nachmittag unterbesetzt und können Ihre Verstärkung wirklich brauchen. Im Übrigen ich heiße Roman."

Das Bauchgepinsle wirkte, der Mann verstand seinen Beruf.

„Sie bekommen von mir eine Bluse und eine lange Servierschürze, gut, dass Sie ohnehin eine schwarze Hose tragen. Dort hinten können Sie sich umziehen. Also bis gleich."

„Bis gleich" piepste Irene und zog von dannen.

Als sie sich im Spiegel betrachtete, mit der frisch gestärkten Bluse und der eleganten Schürze empfand sie ihre Aufgabe mit einem Mal gar nicht mehr so schlimm.

„Tadellos sehen Sie aus, sagen Sie, sind Sie gar vom Fach?"

Irene errötete leicht.

„Nein, nein, keineswegs. Roman."

„Gut, dann erkläre ich Ihnen, was Ihre Aufgabe ist. Sie sind für die herzliche Begrüßung der Gäste zuständig, für das Geleiten zu den Tischen, für das Austeilen der Speisekarten und das Fragen nach den Befindlichkeiten beim Abservieren. Also, ob es gut geschmeckt hat oder wie das Essen und das Trinken gemundet hatten. Also am Anfang wird beim Eingang viel los sein und dann beim Abservieren. Bitte überfordern Sie sich nicht, nehmen Sie immer nur so viel, wie Sie wirklich tragen können. Und die Kunst besteht darin, jeden Mensch gleich zu behandeln. Gleich und besonders gut. Damit sich die Gäste wohlfühlen und jeder und jede für sich als jemand Besonderer. Das ist oft gar nicht so einfach."

Roman sagte das so leicht und in Irene stieg ein Gefühl des Widerwillens auf. Gerade Sie sollte sich bei dieser Aufgabe mehr oder minder unterwürfig zeigen. Den anderen Menschen ein Geschenk der Wertschätzung machen. Roman legte ihr den Arm um die Schulter. Irene zuckte zusammen. Doch gleich darauf spürte sie Romans Zuversicht und Unterstützung.

„Sie schaffen das, Irene, da bin ich ganz sicher. Und wenn Sie etwas brauchen, dann wenden Sie sich an mich. Ich bin heute Nachmittag die ganze Zeit da."

Bei diesen Worten zog er sie ein Stück zu sich. Sie konnte sein gutes Aftershave riechen und atmete es genussvoll ein. Roman ließ sie wieder los, die ersten Gäste standen schon in der Tür.

Franz war inzwischen auch im Restaurant eingetroffen. Er ging an Irene vorbei und bemerkte sie gar nicht. In diesem veränderten Aufzug hätte er sie wohl auch nicht erwartet und hielt sie für ein normales Servicemitglied. Er fühlte sich minderer und weniger schick in seinem Gewand. Der Chef an der Bar streckte ihm die Hand für einen festen Händedruck entgegen. Das beruhigte Franz ein wenig.

„Du bist der Franz und hilfst mir heute hier?"

Das Wort „helfen" tat seinen Dienst. Helfen wollte er gern.

„Ich bin übrigens der Viktor und ich vertrete heute die Kathi, die hier normalerweise das Sagen hat. Doch sie hat Pflegeurlaub genommen. Also du siehst, ich brauche dich wirklich."

Dabei grinste Viktor von einem Ohr zum anderen. Er war ein ehrlicher Kerl, das spürte Franz und das machte ihm die Aufgabe leichter, die ihm Viktor jetzt genau beschrieb. Franz musste die Bestellungen aufnehmen und sie an Viktor weitergeben, der die Getränke herrichtete. Danach würde Franz sie den Gästen bringen und jeweils einen flotten Spruch loswerden.

„Lass deinen Charme spielen, Franz. Die Gäste mögen das."

Franz begann sich unwohl zu fühlen. Er und Charme?

„Sei einfach wie du bist, Franz. Du hast eine gute Ausstrahlung, so natürlich. Das geht bestimmt gut. Und übrigens, ich bin ja da."

Er klopfte Franz freundschaftlich auf die Schulter.

„Los geht's".

Als Letzter von den vieren traf Gerhard in der Küche ein. Vorher musste er sich noch einer Prozedur in der Personalabteilung unterziehen, von wegen Hygienevorschriften und so. Dabei fühlte sich Gerhard schrecklich. Er mochte es nicht, wenn andere ihm Vorschriften machten.

Also sagte er „ja" und dachte sich „Ja und Amen."

Kein Fünkchen der Vorschriften nahm er gedanklich mit in die Küche. Der Küchenchef würde ihm schon sagen, was er zu tun hatte. Als Gerhard in der Küche auftauchte, traute er seinen Ohren nicht. Die Küchenchefin war eine Frau. Festen Schrittes kam die kleine, zierliche Gestalt auf ihn zu.

„Du bist also der Gerhard von dem lustigen Seminar? Mein Name ist Angelika."

Ihre Augen blitzten angriffslustig.

„Du bei uns in der Küche gibt es immer viel zu tun. Am besten du stellst dich in die Abwäsche, da kannst du am wenigsten falsch machen."

Sie wartete die Reaktion Gerhards ab. Bis jetzt hatte es ihr großes Vergnügen bereitet, sich an das „Drehbuch" zu halten, das ihr von Greg, dem Trainer übergeben worden war. Gerhard schnaubte innerlich. Angelika bemerkte die Schweißperlen auf seiner Stirn.

„Doch, lieber Gerhard, ich habe ja noch gar nicht gefragt, welche Ausbildung du hast. Vielleicht kannst du dich ja auch woanders nützlich machen."

Gerhard richtete sich auf. Ein „lieber Gerhard" wollte er schon gar nicht sein, doch immerhin tauchte Licht am Ende des Abwaschtunnels auf.

„Naja, ich verwalte eine Ferienimmobilie und bin dort sozusagen der Mann für alle Fälle." Dabei richtete er sich auf und zeigte seine breiten Schultern.

„Ich könnte für die heutige Nachspeisenkarte eine typisch griechische Nachspeise zaubern."

Angelika blickte Gerhard kritisch an.

Sie kräuselte die Augenbrauen und murmelte „und welche Nachspeise sollte das wohl sein?"

Gerhard ließ sich nur kurz verunsichern, dann trumpfte er auf: "Grießpudding a la Gerhard".

„Na, das klingt ja gar nicht schlecht. Allerdings, lieber Gerhard."

Da war er wieder, der verhasste Ausdruck. Angelika genoss diesen Augenblick, hatte sie doch die Aufgabe bekommen, ein

Stückchen der überzogenen „Lonelywolf"-Mentalität an Gerhard abzumontieren.

Nach einer Pause, die einen Moment zu lange dauerte, erlöste sie Gerhard mit diesem Satz.

„Gut, dann mach bitte einmal so einen Grießpudding für uns alle und wir werden dann entscheiden, ob und wie er in die heutige Speisekarte kommen kann."

Wieder machte sie eine Pause.

„Alfred, her mit dir. Zeigst du dem Gerhard bitte wo alles ist? Er macht uns einen Grießpudding. Und wenn er uns nicht schmeckt, muss er in die Abwäsche. Der Gerhard nämlich."

Alfred schmunzelte. So zierlich seine Chefin war, so bestimmt konnte sie Aufträge verteilen und Frechheiten einem auf den Kopf zusagen. Alfred wusste, dass sie wohl absichtlich so mit Gerhard redete. Das bestätigte dann auch noch die Geste, mit der sie Gerhard verabschiedete.

„Vite, vite – heute ist ziemlich was los."

Dabei winkte sie die beiden Männer von sich weg. Alfred nahm Gerhard leicht am Ärmel. Sein Blick drückte etwas aus, das sagte, jetzt weg hier, sonst wird sie böse.

Gerhard konnte es kaum fassen, dass Angelika hier das Regiment über die Küchenmannschaft hatte. In seiner Welt fand er Männer nach wie vor besser für Führungspositionen geeignet. Das hatte Greg gewittert, daher musste Gerhard in die Küche und Angelika kennenlernen. Sie würde ihn auch später noch einmal hart rannehmen, wenn es um das Dessert ging. Doch zum Glück wusste er das noch nicht und folgte Alfred in die Speisekammer, um die Zutaten für den Prototyp seines Grießpuddings auszusuchen. Es fing mit dem Anziehen der hygienischen dünnen Handschuhe an und hörte eine halbe Stunde mit der Verkostung auf.

Alle vier fanden sich beschäftig wieder und vergaßen die Zeit. Alle vier gerieten ins Schwitzen ob der ungewohnten Tätigkeit. Andreas beim Verbreiten der unpopulären Maßnahme, Irene beim wertschätzenden Behandeln aller Gäste, Franz beim Reden mit den Gästen und Gerhard bei der Produktion seines Grießpuddings in großer Menge. Angelika hatte schließlich zugestimmt, nachdem sie sich wieder einmal Zeit gelassen hatte mit Ihrer Entscheidung und so den Stress für Gerhard noch verschärft hatte.

Nach zwei Stunden waren ihre Praktika vorbei, doch das bemerkten sie erst, nachdem es ihnen gesagt wurde. Mit roten Wangen kehrten sie in den Seminarraum zurück. Dort wartete auf jedem Sessel ein Kuvert mit dem jeweiligen Namen. Drinnen befanden sich die Reflexionszettel. Wiederum die Fragen nach den Gefühlen, die in den unterschiedlichsten Situationen sich ihren Weg gebahnt hatten und was sie wohl ausgelöst hätten. Und wer wohl die meisten Kritikpunkte gleich am Anfang eingebracht hatte. Die vier taten sich mit dieser Erinnerung am schwersten. Sie waren eingetaucht in die neue Art des Arbeitens und beschlossen, diesen Punkt einfach offen zu lassen und nicht zu beantworten. Darin waren sie sich einig.

In der Gruppe 3 war diese Frage auch unbeantwortet geblieben. Denn Veronika, Bea und Christa hatten ihre unterschiedlichen Wahrnehmungen beobachtet und reflektiert. Danach war für diese Frage nach der kritischsten unter ihnen kein Platz mehr. Sie ließen sich darauf ein, nicht brav zu folgen, sondern abzuwarten, was Greg wohl dazu sagen würde.

So fanden sich fast alle gegen 18 Uhr wieder zusammen. Auf der Tagesordnung stand um 18 Uhr 30 Abendessen. Manche atmen auf. Dann würde die Reflexion wohl doch nicht so lange dauern wie befürchtet. Manche bedauerten das. Greg startete wiederum mit einem Blick in die Gesichter. Er scannte die Befindlichkeiten, bevor er sich nach ihnen erkundigte.

„Wie geht es euch? Bitte nur ein Blitzlicht, soll heißen, ein oder zwei Eigenschaftsworte. Für die Reflexion nehmen wir uns ausreichend Zeit. Sie ist von 20 – 22 Uhr anberaumt."

Tatsächlich, das stand auf dem Zeitplan. Irene fing an zu reden.

„Gut, überraschend gut."

Reihum machten sie weiter. Von „verwirrt" über „kritisch hinterfragend" bis hin zu „einfach müde" oder „hungrig" zog sich die Auswahl der Befindlichkeiten.

„Diese Übung könnt ihr auch in eurem Alltag zwischendurch einbauen. Sagt euch, wie es euch in diesem Moment gerade geht. Das auszudrücken hilft, differenzierter mit den eigenen Gefühlen umzugehen."

Greg machte eine Pause und sah in einige ungläubige Augen. Sie würden schon noch draufkommen.

„Jetzt kümmern wir uns noch schnell um das Ranking, darf ich eure Reihenfolgen der kritischen Teilnehmenden haben?"

Christian sprang auf und übergab Greg den Zettel, auf dem wiederum sein eigener Name ganz oben stand. Greg wartete ab.

Plötzlich sagte Gerhard fast abrupt in die Stille hinein, „Wir haben das nicht gemacht. Uns erschien es nach den gemachten Erfahrungen nicht besonders sinnvoll."

Greg nickte.

„Wir haben diese Frage auch nicht beantwortet."

Veronika stand auf, als sie das sagte.

„Weißt du, wir waren tief drinnen im Wahrnehmen von Unterschieden, da schien es überflüssig. Doch wir lassen uns gern eines Besseren belehren. Wir sind auf nichts gekommen."

Greg lächelte sie an. Ihre Knie begannen zu zittern und sie setzte sich wieder auf ihren Platz.

„Aha, so ist das also."

Greg lehnte sich in seinem Sessel zurück, dann stand er mit einer kräftigen Bewegung auf. Er ging zum Flipchart der 1er Gruppe und las die Namen nochmals vor.

Anna-Maria, Bernhard, Christian, Rudolf.

Als er Rudolfs Namen nannte, schaute der ihn direkt an. Die beiden Männer wussten, dass Rudolf bei dieser Übung nur stillgehalten hatte, weil er nicht den Anschein des Störenfriedes erwecken wollte. Seine Gelegenheit würde mehr Publikum brauchen. Also ging es nur mehr um Anna-Maria, Bernhard und Christian, auf die sich Greg jetzt konzentrierte.

„Euch gebe ich die Frage mit auf den Weg, ob ihr immer alle Aufträge brav ausführt, die euch jemand gibt. Nur weil ihr entsprechen wollt, den Erfolg einheimsen oder ein Lob bekommen. Oder einfach wo dazugehören? Ich verstehe das gut. Diese Gruppe … ," und er wandte sich zum in die Mitte des Raumes gehen, „ist ein lebendiger Organismus. Es geht um jede und jeden von euch. Wir brauchen alle Kraft gebündelt. Deswegen gebe ich euch die Frage mit. Nicht als Kritik, als Anstoß. Ganz gegen die Erfahrung, dass die gerügt werden, die etwas nicht bringen oder ausführen."

Er atmete tief durch und saugte die Verunsicherung der drei wie ein Staubsauger ein und entließ sie gen Himmel. So konnten sie es besser nehmen.

„Und jetzt haben wir uns ein Abendessen redlich verdient. Bis später, bitte seid pünktlich wieder da."

Er zeigte mit der flachen Hand auf die Uhrzeit am Flipchart.

Beim Abendessen

Vor dem Abendessen gingen alle noch in ihre Zimmer. Um zu duschen und sich umzuziehen. Ein wenig auszuruhen. Auch Greg verschwand in seine Suite. Dabei begegnete er Veronika. Die beiden Herzen schlugen um eine Spur schneller.

Sie huschte in die gegenüberliegende Tür und hauchte ein „Bis gleich."

Hauchen war sonst nicht ihre Art. Sie war eine emanzipierte Frau, die laut und deutlich ihre Meinung vertrat. Doch in der Gegenwart dieses Mannes wurde sie zu einem scheuen Reh. Greg öffnete seine Zimmertür betont langsam, um den Augenblick noch eine Weile zu behalten. Als er sie wieder zufallen ließ, tat er das so sanft, als schliefe dahinter ein Kind. Er warf einen Blick auf seine Hände. Vor seinem inneren Auge berührten sie Veronikas

Schultern, um sie zu sich umzudrehen. Er schloss die Augen und konnte ihre Lippen auf seinen spüren.

Danach duschte er so heiß, dass er die Sonnenenergie fühlte und betrachtete seinen nackten Körper im großen Spiegel, der der Dusche gegenüberlag. Sein Alter war ihm nicht anzusehen, er atmete tief durch und rund um seinen Körper erschien seine Aura in klarem Orange. Das beruhigte ihn. Veronikas Aura hatte er heute in klarem Blau wahrgenommen, doch nach der Wahrnehmungsübung hatte ihr Blau einige orange Punkte bekommen. Die wollte er nur zu gerne verstärken, heute Nacht.

Wenig später traf er, wie die anderen auch, beim Abendessen ein. Im Restaurant war eine lange Tafel für die Seminargruppe gedeckt und es duftete nach frisch Gekochtem. Greg wartete an der Bar ab, wo Veronika ihren Zimmerschlüssel platzierte. Sofort erhob er sich vom unbequemen Hocker und setzte sich auf den Platz neben ihr. Als sie vom Vorspeisenbuffet zurück kam, hatte er eine Karaffe Leitungswasser und zwei Achtel Gelben Muskateller bestellt. Die Getränke standen schon auf dem Tisch

„Das ist für uns."

Veronika ließ beinahe ihren Teller fallen. So ein forsches Vorgehen war sie bislang nicht gewohnt, doch es gefiel ihr. Greg berührte sie an am Arm.

Bernhard warf einen Blick auf Greg und Veronika. Aha, so lief das also. In seiner Trainerlaufbahn hatte er es noch nie gewagt, eine Teilnehmerin als Frau anzusprechen, doch hier war das wohl erlaubt. Sein Blick schweifte weiter zu Rudolf, auch der schien sich näher an Irene gesetzt zu haben, als es vorgesehen war. Tatsächlich, der große mächtige Rudolf rückte näher an die schlanke Irene heran und flüsterte ihr etwas ins Ohr. Bernhard wandte sich ab. Wo war er bloß gelandet? Seine Einsamkeit legte sich bleiern auf sein Gemüt. Anna-Maria, die gerade zum Tisch kam, setzte sich neben ihn. Sie war nett und schaffte es, ihn ein wenig aufzuheitern.

Nach dem Hauptgang verabschiedete sich Bernhard frühzeitig, weil er die Nachspeisen nicht mochte. In Wahrheit ging er auf sein Zimmer und warf den Laptop an. Er wollte in dieser Nacht nicht allein bleiben und ein Freund hatte ihm kürzlich eine Internetplattform mit gleichgesinnten, sinnlich vereinsamten Menschen genannt. Da loggte er sich ein und gab sowohl die heutige als auch die morgige Nacht als Optionen ein.

„Ab 22.30 Uhr in der Hotelbar auf einen Drink. Ich kann mich nur kurzfristig zurückmelden, ca. um 21 Uhr."

Er würde sich aus der Reflexionsrunde kurz entschuldigen und seine Königin der Nacht aussuchen. Es ging also schon los, dass Bernhard nicht mehr der brave, pflichtbewusste Teilnehmer blieb, sondern seinem innersten Bedürfnis zu folgen begann. Wenngleich es noch dazu nicht zu seinen sonstigen Moralvorstellungen passte. Heute fing er damit an, ein anderer zu werden, einen Aspekt seiner Persönlichkeit frei zu lassen, der bis jetzt tief im Bunker bleiben hatte müssen.

Anna-Maria saß auch noch neben Gerhard. Auch der schien Aufmunterung zu brauchen. Also war sie ganz in ihrem Element als Kleinkindpädagogin und bemerkte nach langem wieder, daran Freude zu haben.

Als Gerhard dann auch noch sagte „Danke, Anna-Maria, du hast mir jetzt echt den Abend gerettet, ich hatte schon Bedenken, dass ich diese Reflexionsrunde gar nicht mehr durchhalte", ging ein Strahlen über ihr Gesicht.

In diesem Moment schaute Greg sie an.

„Na also, geht doch." flitzte durch seinen Kopf, bevor er sich wieder seinem Nachtisch und Veronika zuwandte.

Greg liebte das Zitronensorbet, das er sich extra vom Küchenchef gewünscht hatte. Der eiskalte, zitronige Geschmack bildete einen exzellenten Kontrapunkt zu seiner inneren Hitze. Veronika nahm vom Beerentiramisu, das mit frischen Erdbeeren, Himbeeren, Biskotten und einer leichten Mascarponecreme auf das

Köstlichste duftete. Franz und Bea befanden sich gegenüber am Ende des Tisches. Bea plauderte auf Franz ein.

Franz war ganz konzentriert auf sein Essen. Er war es nicht gewohnt, dass beim Essen so viel geredet wurde. Daheim machten sie das schon wegen Joni nicht, damit er sich auf seine Mahlzeit konzentrieren konnte. Und hier empfand er die ausgewählten Speisen fast heilig, dass es ein Frevel war, wenn man sie nicht ausreichend würdigte. Also nickte er ab und zu oder sagte „hm" oder „stimmt".

Bea bemerkte das gar nicht. Sie erzählte wohl mehr sich selbst etwas und es war wohltuend, ein Gegenüber zu haben, das nichts entgegnete. In Wahrheit bereitete sie schon ihre Reflexion vor, während sie gleichzeitig immer mehr von dem Essen in sich hineinschlang.

Christian war neben Franz zum Sitzen gekommen und wagte es nicht, zu Bea zu schauen. Lieber richtete er seine Konzentration auf Christa, die ihm gegenübersaß. Sie wandte sich auch leicht von Bea ab, sie hatte schon zu viel zugehört in ihrem Leben und wollte sich jetzt lieber gepflegt unterhalten. Das gelang mit Christian gut. Er war so ein höflicher, adretter, junger Mann. Christa genoss es, mit ihm zu reden und Christian war froh, auf dieser Ebene ein Gespräch führen zu können, die ihm vertraut war. Vor der Reflexion graute ihm, also blieben die Themen oberflächlicher, wenn auch sehr kultivierter Natur.

Andreas war zum Essen zu spät gekommen, er hatte noch telefonieren müssen und so war nur ein Platz frei geblieben. Der zwischen Greg und Rudolf. Die beiden Männer setzten sich nie genau nebeneinander, weil sie das beide nicht aushalten konnten. Andreas ahnte von dem allen nichts und holte sich Salat vom Buffet. Schon bei den ersten Bissen bemerkte er eine Spannung in seinem Körper, so als ob er viel körperlich trainiert oder etwas Blähendes gegessen hätte. Er ließ den Salat abservieren und hoffte auf die Suppe. Doch dieses schreckliche Gefühl ging nicht weg, sondern zog sich mittlerweile auch in seine Gliedmaßen. Er löffelte die Suppe aus, dann stand er auf und ging auf die Toilette. Was zum Teufel? Doch kaum hatte er sich auf den Weg gemacht, ließ die Spannung nach. Wahrscheinlich das Sitzen den ganzen Tag ...

Er schüttelte den Kopf und kehrte zum Tisch zurück. Das gewählte Stück Fleisch blieb ihm beinahe im Hals stecken und ihm wurde übel. Wieder stand er auf. Nach ein paar Schritten war alles wieder in Ordnung. Andreas blieb in sicherer Entfernung zu dem Platz stehen und kniff die Augen zusammen. Träumte er? Zwischen den beiden Männer gingen viele Blitze hin und her, helle und dunkle, die nur zu sehen waren, wenn sie ihr Ziel, den anderen nämlich erreichten und kurz aufblitzten. Funken schlugen.

Andreas fuhr sich durch die Haare und atmete durch. Dann ging er wild entschlossen hin, nahm seinen Teller und setzte sich auf Bernhards Platz, der nunmehr bereits frei geworden war. Jetzt fühlte er sich wohl und konnte essen. Erzählen würde er davon niemanden, vielleicht lag es ja doch an ihm.

Rudolf schmunzelte in sich hinein. Irene hatte es ihm erlaubt, neben ihr zu sitzen. Sie hatte sogar zugelassen, dass sein linker Oberschenkel ihren rechten Oberschenkel ab und an wie zufällig berührte. Dabei spürte er, dass hinter ihrer spröden Fassade ein liebesbedürftiges Reh schlummerte, oder gar ein tiefes Wasser. Beides kam ihm entgegen. Entweder er würde den weisen, einfühlsamen Mann geben oder den Eroberer wilder Natur.

Irene wiederum spürte Rudolf gegenüber eine Ohnmacht, die sie bislang noch bei keinem Mann wahrnehmen hatte können. Sie stand beruflich ihre Frau, wurde als tough und streng angesehen, doch tief in sich drinnen sehnte sie sich danach, loszulassen, jemand anderen das Steuer zu überlassen. Ja fast ein bisschen auch danach, jemanden ausgeliefert zu sein. Das turnte sie an Rudolf an. Seine männliche Ausstrahlung, sein mächtiges Wesen, seine tiefe Stimme und seine schönen Hände. Wenn er lachte, bebte die Erde. Er war mehr als überzeugt von seinen Fähigkeiten, irgendwie schien er wohl der richtige für ihr Vorhaben zu sein. Menschlich gesehen kümmerte er sie nicht. Sie würde nach diesen drei Tagen in ihr Leben zurückkehren. Um eine Erfahrung reicher, die sie gegenüber ihren Mitarbeitenden auf das Seminar schieben konnte. Denen musste sie ja nicht auf die Nase binden, dass es eine Selbsterfahrung der ganz besonderen Art gewesen war, derentwegen sie sich in das Seminar eingeschrieben hatte. Rudolf war ihr zufällig in die Quere gekommen, ihre ursprüngliche Entscheidung entsprang dem Moment, als sie Gregs Lundarskis Foto gegoogelt hatte. Doch kaum angekommen, gefiel ihr Rudolf weit besser.

„Irene? Hörst du mir überhaupt zu?"

Rudolfs Stimme klang ungemütlicher als vorhin.

„Nein, verzeih, ich war gerade so in Gedanken bezüglich dieser Reflexionsrunde."

„Das war ich auch, meine Liebe. Also dann bis später."

Rudolf wandte sich beleidigt ab und stand fast abrupt auf. Diese Masche wirkte immer. Die Frauen nur nicht zu früh glauben lassen, dass man sie begehrte. Lieber sich selbst noch ein Stück männlicher erscheinen lassen. Mit festen Schritten verließ er den Speisesaal, ohne sich noch einmal umzublicken. Das machte auch die anderen aufmerksam.

Die Zeit war wie im Flug vergangen und langsam näherte sich der Treffpunkt im Seminarraum. Greg ließ sich das nicht anmerken, im Gegenteil, er bestellte sich noch einen Tee und schlang die Beine betont entspannt übereinander.

Veronika fühlte in dem Moment fast so etwas wie Unterlegenheit. Sie war ja „nur" eine Teilnehmerin und sollte gut vorbereitet zur Runde stoßen, während er sich voll und ganz auf den Prozess einlassen konnte, der dann wie ein offenes Buch vor ihm liegen würde. Veronika musste sich schnell seiner Nähe entziehen, zu sehr hatte sie seine männliche Ausstrahlung während des Essens genossen, dass sie fast vergessen hatte, was vielleicht in seinen Augen die Rolle war, die er ihr zudachte. Nämlich die des „Trainerzerstreuerleins in einsamen Stunden". Dafür wollte sie keineswegs herhalten. Bernhard, der auch Trainer war, verfügte über eine ihr viel näher kommende Ausstrahlung, er war eher der Kumpel-Typ. Vielleicht würde sie morgen mehr Zeit mit ihm verbringen.

Greg berührte sie leicht, als sie aufstand. Elektrisiert schmiss sie ein Wasserglas um, um sich danach errötend schleunigst zu entfernen. Es war doch zu blöd, auf welche, im Teenageralter zurückgelassen geglaubten Eigenschaft sie hier zurückgeworfen wurde. Sie lief die Stiegen hinauf, so dass ihr die Luft ausging. Danach fühlte sie sich wohler.

Der Reflexionsabend

Langsam versammelte sich die Gruppe wieder im Seminarraum. Das Licht war gedämmt, und es standen viele Teelichter und einige Kerzenleuchter im Raum. Greg musste an der Rezeption hoch und heilig versprechen, hinter den Pinnwänden Kübel mit Wasser stehen zu haben, sonst wäre es unmöglich gewesen, die Sprinkleranlage auszuschalten. Nachdem der Haustechniker Greg geholfen hatte, drückte er den dementsprechenden Knopf auf der Steuerungstafel. Greg versteckte den Kübel mit Eis für die elegant geschwungene Flasche trockenen Weißweines hinter dem Vorhang. Die langstieligen Gläser legt er fast zärtlich auf die eiskalten Würfel. Daneben platzierte er eine Schale mit einer verschlossenen Packung Kartoffelchips. Er liebte diese salzige Alternative zu Wein und Veronika hatte beim Essen dies auch als eines ihrer Laster offenbart. Er lächelte sanft. Es kam selten vor, dass eine Frau sein Herz berührte. Meistens überfiel ihn schlicht Manneslust, wenn er sich einem weiblichen Wesen hingab. Doch als er in ihre Augen geschaut hatte, war da etwas in ihm wieder erwacht, das er längst verschüttet vermutet hatte.

Greg richtete sich auf und atmete tief durch. Hinein in die Rolle des Trainers und die Teilnehmenden auf ihrem Prozess zu sich selbst zu begleiten. Er setzte sich auf den Sessel, der in einigem

Abstand zu den anderen, halbkreisartig aufgestellten Sitzgelegenheiten platziert war und schloss kurz die Augen. Er führte sich zu seinem sicheren Platz in seinem Inneren und nahm dort eine ausgiebige Energiedusche in den Regenbogenfarben, die sich in seinem ganzen Körper, in jeder Zelle ausbreiteten. Bevor er die Augen wieder öffnete, überzog ein goldener Film seinen Körper und seine Seele.

Als der erste Teilnehmer herein kam, Andreas, sah er Greg gleich einer der Kerzen leuchten. Andreas räusperte sich lautstark. Wohl auch, um sich selbst vor einer Täuschung zu bewahren. Greg wandte sich zu ihm um und der Schimmer war verschwunden.

„Andreas, es liegt nicht an dir", hob Greg zu erklären an.

„Du bist ein sehr sensitiver Mensch, vertrau darauf. Doch besser, du sprichst nur mit ..." es folgte eine kurze Pause und die Andeutung von Anführungszeichen „Eingeweihten darüber."

„Ansonsten lachen dich die Kleingeister vielleicht aus oder nehmen dich als Person nicht mehr ernst. Soweit sind wir leider noch nicht, dass die Menschen kapieren, dass sie viel mehr sind als ein Skelett mit Muskelpaketen."

Greg zwinkerte Andreas zu und jener war sehr erleichtert darüber, sich die Phänomene doch nicht eingebildet zu haben.

Als nächste kamen Veronika und Bernhard scherzend herein. Bernhard wunderte sich darüber, dass sie auf ihn so offensiv zugegangen war. Vielleicht lag es daran, dass er sich vorhin eine Alternative über das Internet ausgesucht hatte, bei der es all die Mühe der Anbahnung nicht brauchte. Vielleicht strahlte das schon aus und verhalf ihm zu mehr Männlichkeit.

Veronika fühlte sich wie ein trotziges Kind, das jetzt doch lieber mit dem Freund zweiter Wahl spielte, weil es sich vom Freund erster Wahl nicht genug anerkannt oder bauchgespinselt fühlte. Bernhard setzte sich auf den Platz neben Greg. Das verdarb ihm unwissentlich seine Chancen. Veronika erblickte die zwei Männer im Vergleich und ihr Herz gab ihr die Antwort, die ihr Kopf nicht zulassen wollte. Angezogen wurde sie einzig und allein von dem Mann, der sie jetzt auch noch mit leuchtenden Augen anlächelte.

Nach und nach kamen Anna-Maria, Bea, Christa, Christian, Franz, Irene, Rudolf und Gerhard herein. Alle staunten sie über die Kerzen. Rudolf nützte die Dunkelheit, um Irene leicht zu berühren, als sie sich wieder nebeneinander hinsetzten. Und er ließ seine Hand auch am Rande ihres Oberschenkels, auch als es nicht mehr zufällig sein konnte.

Greg hatte die Flipchart Ständer rund um die Teilnehmenden aufgebaut und dennoch bat er sie jetzt, frei zu sprechen. Ihre Erkenntnisse und Gefühle zu offenbaren. Vor allen anderen. Jetzt vermuteten die meisten von ihnen, dass das wohl in der schummrigen Atmosphäre besser vonstattenging, als beim grellen Seminarlicht.

Rudolf fragte, wozu sie denn die Zettel ausgefüllt hätten und Greg erwiderte souverän „Erkenntnisse sind das eine, das wir auf Zettel schreiben und mutig für uns beanspruchen. Wir können nur mit dem weiterarbeiten, das ihr bereit seid, auch in dieser Gruppe zu offenbaren. Das andere wartet vielleicht auf andere Gelegenheiten. Doch wenn du, Rudolf, alles gern öffentlich machen willst, oder jemand anders, dann könnt ihr euch eure Notizen gerne zur Hand nehmen."

„Das bringt mich ohnehin gleich dazu, euch zu raten, in diesem Seminar dem zu folgen, was euch für euch gerade sinnvoll und richtig erscheint, um euch auf eurem Weg zu unterstützen. Ich bin kein Lehrer, der euch rügt. Ich glaube an die Autonomie des Einzelnen. Nehmt mich in Anspruch als Begleiter, als Impulsgeber, als Reibebaum. Dafür habt ihr euren Seminarbeitrag bezahlt."

Das saß. Nach zwei intensiven Stunden und vielen roten Backen und ein, zwei zerdrückten Tränen drehte Greg die Musikanlage auf. Er spielte Mantras vor.

„Wie ich bin" und „Ich lasse los" und motivierte durch seinen eigenen Gesang die anderen zum Mitsingen. Diese CD hatte er vor einiger Zeit selbst entdeckt. Er war an einer Kirche vorbeigegangen und es hatte ihn wie magnetisch hineingezogen. Das war ungewöhnlich, denn dort, wo Greg herkam, spürte man den Geist in sich und verstand sich als Teil eines großen Ganzen. Es brauchte dort keinerlei höhere Macht, zu der man aufschauen konnte oder sogar musste. Doch die Stimmen von Mark Fox und Angelika Thome schallten hinaus auf die Straße, was ihn in die Kirche hineinzog. Drinnen setzte er sich in eine der hinteren Reihen und lauschte. Die Akustik des Kirchenschiffes verstärkte die Wirkung der gesungenen Worte. Greg schnappte sich einen der hinten aufliegenden Folder und beschloss, eine CD zu kaufen. Er gab sich nicht zu erkennen, fühlte er sich doch fast wie ein Dieb, der auf einem fremden Markt den schönsten Apfel gefunden hatte. In seinem Zimmer legte er die CD das erste Mal auf, benützte Kopfhörer und sang lautstark mit. Danach verbeugte er sich vor dem „anderen" Gott, denn er fühlte sich tatsächlich heller und kraftvoller. Und was für ihn galt, konnte er nunmehr an seinen Teilnehmenden beobachten.

Manche sangen laut und kräftig mit und ihre Körper streckten sich. Andere summten die Melodie mit und ihre Körper ebneten sich. Die Dritten sangen nicht mit, hatten die Augen geschlossen und badeten im Klang. Nur einer von ihnen, Rudolf, verließ den Raum, „um auf die Toilette zu gehen." Vorher stieß er noch Irene mit einem Ausdruck der Missachtung für die Musik an, doch Irene lächelte ihn an und in ihrem Blick lag die Bewunderung dafür, dass Greg sich so etwas traute. Laut zu singen. Das erboste Rudolf noch mehr und er distanzierte sich sichtlich auffällig. Das zweite Mal an diesem Abend.

Diesmal hatte Irene das Gefühl, mit Rudolf zu spielen und das gefiel ihr ebenso wie die Musik, die sie überraschender Weise tief in ihrem Inneren berührte.

„Wollt ihr noch ein Mantra singen?" Greg fragte unbekümmert in die Runde.

Anna-Maria nickte heftig, Christian zog den Kopf ein.

„Machen wir es so, wer noch weitersingen möchte, den lade ich auf zwei weitere Lieder ein. Und wer nicht, dem und der wünsche ich jetzt einen schönen Abend. Wir alle sehen einander wieder morgen um 8 Uhr 30 in diesem Raum. Machen wir drei Minuten Pause, dann könnt ihr euch in Ruhe entscheiden."

Dabei blickte er Veronika an und schickte ihr die Einladung bitte noch zu bleiben. Veronika verstand diesen Blick sofort.

Sie stand auf, streckte sich und verließ den Raum. Auf dem Weg zur Damentoilette schlugen zwei Herzen in ihrer Brust. Wenn sie jetzt zu Greg zurückkehrte, wusste er, dass sie alleine durch Blicke verbunden waren. Wenn sie nicht zurückging, spürte sie, würde sie feig wie immer reagieren und sich danach irgendwann bestimmt darüber ärgern. Sie wusch sich die Hände lange und ausgiebig und rannte dann fast in den Seminarraum zurück. Drinnen war es noch still. Als sie den Raum betrat, waren noch sechs Personen da. Und natürlich Greg.

Anna-Maria sagte etwas von den sieben Zwergen und Bea fand das witzig. Veronikas Herz klopfte so laut, dass sie Angst empfand, alle könnten es hören, deswegen lachte sie mit Bea mit.

Greg freute sich sehr, dass sie wiedergekommen war und hörte an ihrem Lachen, wie sehr sie aufgeregt war. Gut so, eine abgebrühte Frau hätte ihn jetzt von seinem Vorhaben abgebracht.

Er wählte das Lied „I don't need to do anything". Das gab allen ein Stück Leichtigkeit, sogar Franz sang den Text nach ein-zweimal anhören mit. Greg blieb mutig und stand auf.

„Für das Ende das „Om shanti shanti om" stehen wir bitte auf und nehmen uns an den Händen."

Er drückte den Startknopf und stellte sich zwischen Veronika und Andreas. Den beiden fühlte er sich am Nächsten. Andreas ergriff die Hand von Anna-Maria und jene die Hand von Franz. Irene ergriff die andere Hand von Franz und ihre streckte sie Christa entgegen. Der Kreis schloss sich, denn Christa trat an Veronika heran. Das Lied dauerte an und es klang wunderschön.

Als die Stille sich wieder über den Raum legte, lösten sich die Hände langsam wieder.

„Ich danke euch!" sagte Greg in die Gruppe.

„Bis morgen."

Anschließend wandte er sich Veronika zu und formte mit seinen Lippen ein „Bleib bitte noch."

Andreas erfühlte die Stimmung zwischen den beiden und lud die anderen symbolisch auf einen Absacker in die Bar ein.

„Wir können ja auch Kräutertee trinken, wenn ihr wollt."

Irene lachte auf.

„Also mir ist jetzt mehr nach einem Gin Tonic. Und dir?" Irene wandte sich Veronika zu.

„Irene, Veronika und ich brauchen noch eine Zeitlang", intervenierte Greg förmlich. So förmlich, dass Veronika kurz fröstelte, wollte sie tatsächlich bleiben?

Sie sprang über ihren Schatten und erwiderte Irene „Ach, das hatte ich ja ganz vergessen. Ich komme nach."

Irene schmunzelte ein wenig spöttisch, jetzt hatte sie es auch begriffen. Als Irene hinaus in den Gang trat, wartete Rudolf schon auf sie.

„Du wirst doch nicht mit den anderen auf einen Absacker gehen wollen, ich habe für uns eine viel bessere Idee", flüsterte er geheimnisvoll und deutete mit seinem Kopf in Richtung Terrasse.

Irene vergaß Greg und Veronika und blickte gespannt in die Richtung in die Rudolf zeigte. Draußen stand ein Feuerkorb, der einladend leuchtete. Daneben zwei schwere Lounge Sessel mit Decken und Fellen. Und auf dem Tisch stand ein Kübel mit Eis und darin war eine Flasche. Zwei Bleikristall Champagnerkelche warfen unzählige Lichtblitze über die Glasplatte des Tisches.

„Soll ich meine Jacke holen?" fragte Irene, um ihr Wohlgefühl nicht gleich zu offenbaren.

„Nein, da draußen ist eine windgeschützte Nische, die Felle werden uns warm halten. Einverstanden?"

Rudolf nahm Irenes Hand und schickte seine verführerischen Energien damit in ihren Körper. Irene fühlte diese Berührung durch und durch.

Die Nacht

Nachdem die anderen den Raum verlassen hatten, änderte sich Gregs Tonfall. Sanft und sonor kam ein „Danke dir" über seine Lippen. Er ging nach hinten und holte den Wein und die Chips. Er nahm seinen Laptop und stellte südamerikanische Musik ein. Danach verschwand er hinter dem mächtigen Raum-Trenner und schleppte zwei Sitzkissen und ein orientalisch anmutendes Tischchen hervor. Veronika beobachtete sein Tun und fand es rührend. Fast so sehr, dass sie verlegen wurde.

Erst als Greg ihr einen Sitzplatz anbot und das Tablett mit den Spezereien auf den kleinen Tisch stellte, fing sie sich wieder und flüsterte ein „Wow, was so ein Seminarraum alles sein kann".

Jetzt kamen die Kerzen erst recht zur Geltung. Die Musik war laut genug, um südliche Stimmung zu verbreiten und leise genug, um ihre Unterhaltung zu untermalen.

„ Ja, " antwortete Greg, „und ich kann dir sagen, das habe ich noch niemals zuvor gemacht."

„Du bist meine Inspiration dafür gewesen."

Veronika blickte ihn überrascht an. Sie entschloss sich zu glauben, was er sagte und den Abend zu genießen. Greg nahm diese Entscheidung wahr und er spürte, dass Veronika an den Rand ihrer Komfortzone gelangt war. Würde sie sich über den Rand hinauswagen und sich ihm öffnen? Er hoffte, dass sie die Kontrolle des Verstandes sein lassen würde. Das bestätigte seine Art zu arbeiten. Doch nachdem er ihre Gläser gefüllt hatte und Veronika zuprostete, war er nur noch der Mann, der sich für die Frau interessierte. Und das tat er mit vielen Fragen nach ihrer Herkunft, nach ihrer Arbeit, nach ihrem Wohnort.

Veronika fühlte sich jedoch nicht wie bei einem Verhör, sie spürte das ehrliche Interesse Gregs und gab bereitwillig Antwort. So verhielt sich das immer bei ihr. Wenn sie jemand etwas fragte, gab sie die Antwort. Deswegen hatte sie mit Intrigen oder politischen Spielen im Job auch nichts am Hut. Sie war ehrlich und Technikerin noch dazu. Sie berichtete von der Großmutter am Land, die sie sehr geprägt hatte. Und dass sie immer noch Häferl von ihr im Schrank hatte. Jenem alten Bauernschrank, der neben dem coolen Eiskasten in ihrer Wohnküche zu finden war. Sie wohnte gerne in einem Stilmix. Gemütlich sollte es sein, doch nicht altmodisch oder gar verzopft. Technik habe sie studiert, weil sie dem Geheimnis des Lebens mathematisch auf den Grund gehen wollte und vernünftige Erklärungen für Phänomene suchte. Und diese Entscheidung war auch goldrichtig gewesen, denn so fand sie den idealen Ausgleich zu ihrer vorlauten Intuition.

„Vorlaut, wie meinst du das genau?" fragte Greg und schenkte nach.

„Nun manchmal glaube ich schon zu wissen, was kommt und bin mir felsenfest sicher. Doch im Job kommt das oft erst viel später oder auf Umwegen daher. Hier hilft mir die technische Argumentation oft. Auch wenn ich im Nachhinein feststellen muss, die Intuition war schon richtig."

Greg fiel ihr ins Wort.

„So geht es mir auch oft, nur beginne ich dann meistens wirtschaftlich zu argumentieren oder ich bin mutig und platze mit der intuitiven Antwort heraus. Oft werde ich dann für einen Außenseiter gehalten."

Er blickte ihr tief in die Augen, „Von dir auch?"

Jetzt hatte Veronika auch genug getrunken, um mutig nachzufragen, „wie kommst du dazu, mit Menschen zu arbeiten und was hast du vorher gemacht?"

Greg erzählte die Geschichte, die er immer erzählte. Er war bei seiner Großmutter aufgewachsen, weil seine Mutter gemeinsam mit dem Vater in der Fabrik hart für den Lebensunterhalt arbeiten musste. Die Oma hatte ihm allerlei Vernünftiges, doch auch allerlei Unvernünftiges gelehrt. Bei ihr und dem Opa war es immer schön warm gewesen, räumlich und psychisch, das hatte ihm gut getan. Die Oma besuchte mit ihm beinahe jeden Tag ihren Stammwirten und dort ging es richtig lustig, zeitweise auch sehr ordinär zu. Von dieser vulgären Art wollte er, kaum in der Volksschule angekommen, unabhängig sein. Sich nicht mehr viel sagen lassen. In der engen Wohnung im Arbeiterquartier gab es keinen Platz für ihn allein. So lernte er, sich seinen Raum zu denken. Das hatte er bis jetzt beibehalten. Mit dem Nachteil, dass ihn viele, vor allem Frauen, als distanziert erlebten, wenn er sich gerade „ausklinkte".

Bei diesem Satz legte Greg seine Hand auf Veronikas Hand, die wie selbstverständlich das Weinglas hielt, obwohl es auf dem Tischchen stand. Die ganze Wahrheit sparte er sich für einen späteren Zeitpunkt auf. Wer weiß, vielleicht würde er sie auch nie erzählen. Das kam ganz auf die Frau an, der in diesem Moment sein Begehren galt. Er wollte erst feststellen, wie offen Veronika gegenüber Menschen von anderen Planeten war.

Veronika ließ die Berührung zu. Sie fühlte sich besonders an. Weder männlich plump noch schwitzend. So als ob ein sanfter Sommerwind über ihre Hand strich und die winzigen Härchen sich aufstellten.

Für eine Zeitlang blieben sie so sitzen. Die Musik war verstummt, die Kerzen flackerten leicht und sowohl Greg als auch Veronika schauten in den Raum vor sich. Greg sah das Bild einer wunderbaren Vereinigung und Veronika lief rot an. Sie hatte dasselbe Bild gesehen. Schnell drehte sie sich wieder Greg zu und entzog ihm ihre Hand. Greg stand auf und machte die Musik wieder an.

Dann streckte er Veronika die Hand entgegen.

„Tanzen wir?"

Sie war wie magisch angezogen, sie konnte nicht widerstehen, obwohl ihr Verstand sie aufforderte, den Raum sofort zu verlassen. Sie fühlte seinen Atem an ihrem Hals, so nahe zog sie Greg an sich heran. Er roch den Duft ihrer Haare. Er spürte an der Weichheit ihres Körpers, wie sie sich immer mehr getraute, die Frau zu sein, die sie wirklich war. Es entstand ein Bild in seinem Kopf, das Veronika wohl auch von sehr weit weg hergekommen war und die Banalität dieser Zeit ihr auch zu schaffen machte. Greg legte ihr die Hände um die Hüften und Veronika schlang ihre Arme um seinen Hals. So wiegten sie sich einander zur Melodie der Gitarren gleich Kindern, die sich im Schoße der Mutter sicher sein konnten, dass nichts, aber auch gar nichts, ihnen etwas anhaben würde können.

Als die Musik abermals verstummte, zog Greg Veronika ganz nahe an sich heran. Er strich ihr die Haare aus dem Gesicht und flüsterte warm und zärtlich in ihr Ohr „Lass uns den Ort wechseln, hm?"

Dabei hinterließ er einen sanften Kuss auf ihrem rechten Ohr. Veronika stimmte leicht nickend zu und schmiegte ihren Kopf katzengleich an den Hals von Greg. Greg brachte sie zu ihrem Sessel zurück.

„Ich lösche noch die Kerzen und dann können wir in meine Suite gehen."

Veronika antwortete mit einem Blick auf die geleerte Weinflasche „Ich möchte mich vorher noch frisch machen, in Ordnung?"

Greg nickte und nannte ihr seine Zimmernummer. Das war die nächste Prüfung für sie. Würde sie den Mut aufbringen, nächtens zu ihm aufs Zimmer zu kommen? Greg nahm einige der Kerzen mit und bestellte bei der Rezeption eine Bouteille Rotwein, etwas Weißbrot, Prosciutto und Parmeggiano. Den Krug Leitungswasser gab ihm die Rezeptionistin automatisch dazu.

Der Page, der Greg die Sachen ins Zimmer brachte, kam kurz der Gedanke, auch Trainer werden zu wollen. Wenn so wie bei diesem Gast, Geld anscheinend keine Rolle spielte. Er war es auch gewesen, der Bernhard kurz vorher die Flasche Prosecco und die Soletti ins Zimmer geliefert hatte. Was die beiden Männer vor hatten in dieser Nacht war klar. Das ließ den jungen Mann neidisch werden.

Veronika lehnte sich von innen an ihre Zimmertüre und atmete durch. Wollte sie sich wirklich dem Trainer ausliefern? Sie war eine erwachsene Frau, doch würde er, wenn sie ihm aufs Zimmer folgte, ihren Wunsch nach dem „noch nicht ganz hingeben" nachkommen oder aber begab sie sich in die Höhle des Löwen? Ihre Knie begannen wieder zu zittern. Sie ging ins Bad und drehte die Dusche auf. Schnell glitt sie aus ihren Sachen und genoss den Strahl des warmen Wassers. Danach zog sie frische Kleidung an, frottierte ihre Haare gründlich und machte sich gegen alle Vernunft auf den Weg.

Greg hatte inzwischen den Wagen mit den Spezereien in Empfang genommen und ein frisches Hemd an und seine Socken ausgezogen. Barfuß ging er am liebsten. Veronika kam mit FlipFlops den Gang entlang. Er hörte sie und ein Lächeln umfing seine Lippen. Er öffnete die Türe und so gab es für sie keine Chance zu zögern oder umzukehren. Er zog sie in seine Suite und strahlte sie an.

„Wie schön, dass du jetzt hier bist."

Veronika sah den wiederum nur mit Kerzen beleuchteten Raum und den Servierwagen.

„Greg, ich bin hier, aber das heißt nicht unbedingt, dass ..."

Greg beendete diesen Satz mit einem Kuss. Und zwar einem jener Sorte, der so sanft und zärtlich war, das einem Hören und Sehen verging. Seine vollen Lippen verschmolzen mit ihren und die Welt ringsum machte eine Pause. Veronika seufzte und stöhnte zugleich. Als er von ihr abließ, startete sie den zweiten Versuch.

„Greg?"

Diesmal verstand Greg, dass er wohl etwas klarzustellen hatte.

„Meine liebe Veronika, ich bin so froh, dass du gekommen bist. Weil unsere Zeit mir zu kurz erschienen war und ich dich noch viel besser kennenlernen will. Entspann dich ruhig, wir werden essen, trinken und reden. Und einander ganz nahe sein. Alles andere wäre für den heutigen Abend zu viel und zu intensiv. Wir sind ja schließlich noch zwei Tage miteinander im Seminar."

Dabei umfingen sie seine Arme und er küsste sie auf die Stirn. Stunden später und um einige ausgetauschte Intimitäten reicher brachte Greg Veronika wohlbehalten in ihr Zimmer zurück. Er wollte und sie musste zumindest noch sechs Stunden schlafen, bevor das Seminar wieder startete. Und frühstücken sollte sie natürlich auch noch in Ruhe können.

Greg, kaum zurück in seinem Zimmer, ging unter die heiße Dusche und baute die Spannung ab, die er körperlich spürte. Dann legte er sich hin und träumte den nächsten Tag. Es erschienen ihm die Teilnehmenden mit all ihren Bedürfnissen und Wachstumsmöglichkeiten. So erfand er eine Dramaturgie für den nächsten Tag.

Bernhard hatte in dieser Nacht eine Schallmauer durchbrochen. Die des „Immernurbravundmoralischseins". Sandra, so hieß die Frau für eine Nacht, hatte in der Nähe beruflich zu tun gehabt. Sie arbeitete im Außendienst für eine Pharmafirma und nächtigte wie Bernhard oft in Hotels. Wiewohl sie auch zwei Kinder hatte, die diese Zeiten bei der Oma verbrachten, sodass sie sich frei und ungebunden fühlen konnte. Sie gab sich unabhängig und selbstbewusst, auch was ihre sexuellen Wünsche betraf. So traute sich Bernhard auch zu formulieren, was er sich wünschte, und Sandra lachte nur. Ihn offensiv an. Bevor sie sich verführerisch bis auf ihre Reizwäsche auszog. Es kam ihm fast unwirklich vor, diese Frau bei sich im Bett zu haben und es verlockte ihn, sie wiederzusehen.

Sandra blieb bis zum Morgen und hinterließ ein „schön war es mit dir! Morgen bin ich allerdings schon wieder bei meiner Familie" auf einem kleinen Zettel auf dem kleinen Sekretär im Zimmer. Bernhard schüttelte den Kopf, war er tatsächlich so durchschaubar? Er beschloss, am nächsten Abend ein nächstes Date zu planen und loggte sich wieder ein. Es winkte ihm das

Profil einer Doris zu und so geschah es, dass Bernhard in froher Erwartung auf die kommende Nacht den Tag verbringen konnte.

Rudolf und Irene hingegen blieben lange in der frischen Nachtluft eng aneinander gekuschelt am Feuer sitzen, das Rudolf zu später Stunde in der metallenen Schale gezaubert hatte. Er wollte diese Frau, wie so viele vor ihr, abhängig von seiner Zuneigung machen und sie dann um einige Euros erleichtern. Bislang hatte das immer funktioniert und dass Irene wohlsituiert war, wusste Rudolf bereits. Er bot alles auf, was ein Gentleman wohl tun konnte. Erzählte von seiner adeligen Herkunft, von dem Schloss in Rumänien. Berichtete von seinen unzähligen Reisen und fragte immer wieder geschickt nach, was Irene denn so arbeitete, womit sie ihre Zeit verbrachte, um dann in seine Geschichten die Dinge zu verweben, auf die sie ansprach.

Irene fand sich begeistert in all den Erzählungen wieder und es schien ihr, als ob sie endlich einen Mann getroffen hätte, der es mit ihr aufnehmen konnte. Sie ließ es zu, dass er den Arm um sie schlang und auch als er sich ihr anzüglich näherte.

Rudolf spielte ein teuflisches Spiel, er wollte Irene heiß machen und sie dann alleine in ihr Bett schicken. Er wusste, je schlechter man die Frauen behandelte, desto eher fressen sie einem aus der Hand.

Irene kam dieser Gedanke gar nicht. Sie fühlte sich endlich wieder begehrt und war willens, darauf einzugehen.

Als Rudolf einige Stunden später zu ihr sagte „Liebste Irene, wir haben noch zwei herrliche Tage. Ich bin müde, lass uns jetzt schlafen gehen", zog sie unsäglich enttäuscht von dannen. Rudolf lächelte. So einfach war das.

Den anderen war es nur ganz kurz seltsam vorgekommen, dass einige von ihnen beim Absacker an der Bar fehlten. Danach unterhielten sie sich köstlich über ihre Erlebnisse an diesem Nachmittag und beschlossen, von jetzt an, mit dem Hotelpersonal hier und überall sonst wertschätzender umzugehen. Jetzt wo sie festgestellt hatten, welche Knochenarbeit hinter gutem Service steckte. Anschließend gingen sie alle in ihre Zimmer, um für die morgigen Abenteuer ausgeschlafen zu sein. Die Braven also.

Morgendlich brauchte Greg dann seinen Traum nur noch auf Band sprechen und sein moderner Computer machte ein Schriftstück daraus. Greg sprach lieber anstatt zu schreiben und vermochte es sogar, die verteilten Rollen und Regieanweisungen extra zu diktieren. Schon früh um sechs hüpfte er voller Tatendrang aus den Federn. In dem Seminarhotel gab es immer wieder Aufführungen einer ortsansässigen Theatergruppe. Bei jener hatte er sich schlau gemacht und um den Schlüssel zum Kostümfundus um einen niedrigen Unkostenbeitrag gebeten. Er würde die Kostüme auch nach getaner Arbeit reinigen lassen, deswegen hatte der Regisseur schließlich zugestimmt.

Greg diktierte ein Theaterstück in seinen Laptop, in dem viele Archetypen vorkamen. Der König, der Narr, die Prinzessin, der Handwerker, der , der Knecht, der Teufel, die Hexe, der Zauberer, die Mutter, die Gelehrten, der Pfarrer. Zuerst schilderte Greg den Rahmen einer Geschichte im Vorfeld, danach kamen die einzelnen Rollen. Deren Charaktere würde er die Teilnehmenden gleich ausarbeiten lassen. Was geziemte einem König oder einer Hexe, was eben nicht? Als letztes nahm er sich seinen Text nochmals vor und fügte eine Fortsetzung mit Regieanweisungen ein. Er gab den einzelnen Rollen Vorgaben für die ersten Minuten des Stückes. Danach würden sie fähig sein, selbst fortzufahren. Greg filmte sie dabei, um nachher Material zur Reflexion anbieten zu können. Zu guter Letzt schrieb er auf ein Flipchart drei Überschriften.

Person – Funktion – Rolle.

Er startete den Drucker um den Text mit den Regieanweisungen für die Teilnehmenden auszudrucken und rollte das Flipchart Blatt ein. Erst dann machte er sich auf den Weg zum Frühstück.

Wie immer trank er schwarzen Tee mit einem Schuss Milch und aß frisches Obst dazu. Veronika war viel früher beim Buffet gewesen und ehrlich froh darüber, Greg nirgends zu erblicken. Greg schaute sich nicht nach Veronika um, aber sie war schon wieder längst auf ihrem Zimmer. Wenn er vertieft in seine Arbeit war, legte es in ihm einen Schalter um, der ihn nur noch empathisch für seine Teilnehmenden sein ließ. Greg, der Mann, war in diesen Stunden auf Pause. Es kam in jenen Tagen oft vor, dass er als distanziert und abgehoben erlebt wurde. Das machte ihm nichts aus.

Der zweite Vormittag

Greg sperrte den Seminarraum auf. Er mochte es nicht, wenn Teilnehmende vor ihm da waren, die seine Sonnenenergie vielleicht verunreinigten. Das kostete dann die doppelte Energie. Also verschloss er die Türe wieder und begann sein Morgenritual. Er atmete tief ein und öffnete seinen Mund beim Ausatmen. Rot-orange-gelbe Funken verteilten sich über den Raum, gleich einem Hexenbesen fegten sie über Tische und Stühle und den Teppich. Beim nächsten Atemzug kamen die Wände und Fenster und Türen dran. Nachdem Greg fünfmal seine Sonnenenergie im Raum verteilt hatte, war ihm wohler und er ging auf die Terrasse hinaus, um seinem Schöpfer für diese Gabe zu danken. Die voreilige Bea kam auf ihn zu.

„Guten Morgen, Greg!" frohlockte sie.

Die Antwort, die sie bekam, gefiel ihr gar nicht, doch Greg fand, sie müsste lernen, die Distanzzonen zu beachten. Er kniete auf dem Gras und war offensichtlich in einer als betenden Pose zu beschreibenden Haltung anzutreffen.

„Bea, siehst du nicht, dass ich in einer meditativen Stimmung bin? Stör mich bitte nicht!"

Dabei blitzen sie seine Augen dunkelblau, fast schwarz an. Diese Eigenschaft nutzte er gerne zur Irritation, seine Augen konnten ihre Farbe ändern, je nachdem woran er dachte. Bea zuckte zusammen.

Stammelte ein „oh, das wusste ich nicht, Entschuldigung!" und trat den Rückzug an.

Greg knurrte ihr noch hinterher. Er wollte im Laufe des Tages überprüfen, ob diese Lektion gereicht hatte und stellte das in seinen inneren Speicher. Das sah so aus wie ein leeres Blatt Papier, das er in seinem Kopf anlegte und wo er Notizen machte. Und mit einer bestimmten Körperbewegung, nämlich den Druck auf den linken Mittelfinger, konnte er diese Liste jederzeit abrufen und bearbeiten. Das sparte ihm viel Papier und brachte ihm im Laufe der Zeit den Ruf eines Gedächtnisgenies ein. Greg lächelte, stand auf und sperrte den Seminarraum auf.

Wieder stand das „Guten Morgen"-Flipchart am Eingang. Es erinnerte ein bisschen an ein Geschäft, das seine Waren anpries. Greg erlebte sich auch. Er besaß Eigenschaften und Fähigkeiten, die anderen dienen konnten, wenn sie klug genug waren, diese für sich zu nutzen.

Bea hatte die Seiten gewechselt und schlich jetzt vor dem Seminarraum herum. Offensichtlich hatte die Lektion funktioniert.

Bernhard kam sichtlich gut gelaunt auf sie zu und ermutigte sie: „Na, traust du dich nicht rein?"

„Doch, doch, jetzt ist ja schon offen", antwortete sie und ging flankiert durch Bernhard hinein.

Als nächstes kam Irene mit einem verzwickten Gesichtsausdruck. Also doch, dachte Greg, Rudolf spielt wieder sein altes Spiel. Doch diesmal musste Greg sich beherrschen, denn was war denn schon anders daran, was er mit Veronika vorhatte?

In diesem Augenblick betrat Veronika den Seminarraum. Greg erspähte sie, wiewohl er hinter dem Flipchart stand und sein Plakat „Person – Funktion – Rolle" montierte. Sein Herz begann schneller zu schlagen. Es war also doch anders, was er mit Veronika vorhatte. Sie konnte seine Seele berühren. Das gelang selten jemand. In all den Jahren, die er schon lebte, waren sehr viele Narben entstanden, die schmerzten ihn auch jetzt, weil er im Begriffe war, sich eine neue zuzuziehen. Sonnenmenschen können nicht lieben. Es wird früher oder später zu schnöde menschlich und sie müssen gerade die Menschen verlassen, die sie am meisten lieben. Keine Frau würde sein Leben teilen können, sie würden alle altern und er war auf Reisen durch die Zeit. Jetzt eben gerade in dieser Zeit angekommen, in der die Technik das Gespür zu überholen schien. Dagegen trat er an, auch wenn der Preis für ihn ein hoher war. Denn immer dann, wenn Greg sich auf die menschliche Natur einstellte, durfte das nicht allzu lange dauern, sonst verlöre er seine übermenschlichen Fähigkeiten.

Einmal war er dieser Versuchung schon fast unterlegen, als er sich von ganzem Herzen in eine grünäugige Frau verliebte. Sie hieß Silvia. Silvia hatte ihn nie darauf angesprochen, doch sie wusste, dass Greg ein Reisender war und sie gebot alles Mögliche auf, um ihm zum Bleiben zu motivieren. Erst als Greg ihr offenbarte, dass er keine Kinder zeugen könne, ließ sie ihn ziehen. Seither wusste er, bei Frauen mit Familienwunsch war er halbwegs sicher. Er würde sich auch Veronika entziehen müssen, so intensiv wie sein Herz klopfte. Spätestens am letzten Abend. Doch zuvor wollte er ihre Weichheit spüren, ihre Seele atmen, ihr die Kraft ihrer Weiblichkeit fühlen lassen.

Er kam hinter dem Flipchart hervor und drehte es zur Seminargruppe um. Mittlerweile waren alle da und hatten ihr Plätze genau wie am Vortag eingenommen.

„Guten Morgen, Ihr Lieben" fing Greg an zu sprechen.

„Ihr seid hergekommen, unter anderem, um einen Perspektivenwechsel in eurem Leben zu vollziehen. Deswegen bitte ich euch alle, jeweils den Sitzplatz genau gegenüber einzunehmen. Ich mache das auch."

Mit diesen Worten stellte er sich hinter Rudolfs Sessel und dieser stand mutwillig auf und setzte sich auf den Platz, der zuvor als Gregs Sessel leer geblieben war.

Rudolf murmelte etwas von „Nur im Außen, aber meinetwegen."

Irene bemerkte, dass sie ohnehin wieder neben Rudolf zu sitzen kam und stand als nächste auf.

„Ja, es geht um eure Perspektive, noch nicht um den Sitznachbarn" fügte Greg hinzu.

„Das werden wir dann morgen machen. Eine neue Mischung nach außergewöhnlichen Kriterien."

Nachdem alle sich auf ihren neuen Plätzen mit den gewohnten Nachbarn eingefunden hatten, begann Greg mit einer Frage.

„Was stellt ihr euch darunter vor? Bitte zählt durch 1, 2, 3 und Rudolf, dich brauche ich für eine spezielle Aufgabe. Die 1er behandeln die Person, die 2er die Funktion und die 3er die Rolle. In fünfzehn Minuten gibt es für jedes Wort ein Flipchart. Rudolf, kommst du bitte?"

Rudolf stand auf und näherte sich Greg nur zaghaft. Wollte Greg ihn auf die helle Seite ziehen oder was sollte das bedeuten?

Greg bemerkte den Unwillen und blieb auch in Respektabstand zu Rudolf. Es war kritisch, ihn um etwas zu bitten, ja fast unverschämt, ihm eine Funktion zuzuteilen.

„Kannst du bitte die Funktion des kritischen Hinterfragenden übernehmen? Ich habe hier eine Beschreibung dieser Funktion, doch die wirst du wohl nicht brauchen?"

Rudolf grinste breit, sodass Greg seine makellosen Zähne sehen konnte. Er zeigte sie ihm sprichwörtlich und ähnelte einem Piraten, der bereit ist das Schiff zu kentern. Rudolf bewegte sich seitwärts wie eine Krabbe und nickte. Diese Art der Bewegung hatte er sich mit Typen wie Greg angewöhnt, um ihnen nicht den Rücken zudrehen zu müssen. Er wusste, dass es ohne Licht keinen Schatten gab, deswegen ließ er Greg nicht aus den Augen. Es reichte Rudolf schon, dass er es geschafft hat, in Greg wieder ein Verlangen nach einer weltlichen Frau geschürt zu haben. Das Seminar wollte er nicht zum Scheitern bringen, lieber einiges abschauen für eine Veranstaltung, in der er Menschen lehrte, ihre Gegner zu besiegen, über Leichen zu gehen, skrupellos zu sein. Dafür brauchte er den Wertschätzungskram nur ins Gegenteil verkehren und schon konnte es losgehen. Viele Menschen in der Wirtschaft wünschten sich solche Veranstaltungen, viel weniger wollten liebevoll „Selbst und Neu" werden, wie Greg es zu nennen pflegte. Weil das ja bedeutete, dass sie ihre Feinde nicht vernichten durften, sondern mit ihnen reden mussten, um eine gewaltfreie, möglichst auch noch friedliche Lösung des Konfliktes anzustreben.

Person – Funktion – Rolle.

Drei feinsäuberliche Flipcharts hingen an den drei Pinnwänden. Die Art des Arbeitens war den Teilnehmenden seit gestern klar geworden und sie fuhren auf die gleiche Weise fort. Das stellte den ersten Angriffspunkt für Rudolf dar.

„Ihr habt ja alles so gemacht wie gestern, besonders innovativ ist da wohl nicht!"

Bea rechtfertigte diesen Entschluss sofort, Anna-Maria und Franz schauten Rudolf groß an, Bernhard erwiderte „Why not?" und blickte angriffslustig. Die anderen vermuteten den Zorn des Ausgeschlossenen von der Arbeit, der jetzt auch etwas beitragen wollte und fühlten sich nicht weiter betroffen.

Danach präsentierte die erste Gruppe das Thema Person. Sehr ausführlich beschrieben sie persönliche Merkmale, die sich durch Genetik, Erziehung und Epigenetik ergeben. In dieser Gruppe waren Bernhard, Anna-Maria und Veronika. Rudolf fragte dauernd nach, wie es dann zu Verbrechern kommen könne oder aber was Epigenetik alles bewirken kann und dehnte so die Redezeit der Gruppe aus.

Die nächste Gruppe traf die Unterscheidung zwischen Person und Funktion. In dieser Gruppe konnte sich Irene endlich profilieren. Deshalb wurde sie auch zur Sprecherin auserkoren. Mit ihr waren Gerhard und Franz in der Gruppe gelandet, die so gar keine Ahnung vom Thema hatten und nur ab und zu die Fragen stellten, die sonst Rudolf eingeworfen hätte. Insofern hatte jener wenig zu tun, was ihm ganz recht war. Noch einen Angriff auf Irene wollte er nicht unbedingt starten.

Also sagte er am Ende ihrer Ausführungen „Dermaßen klar habe ich das selten gehört, auch wenn mir dabei die Seite des Informellen gefehlt hat."

Irene erwiderte mit einem Blitzen in ihren Augen: „Das überlassen wir der dritten Gruppe mit den Rollen. Da passt das wohl besser dazu."

Rudolf nickte ihr zu und blitzte zurück. Da wurde sie ganz rot und setzte sich schnell, damit die anderen diese besondere Beziehung nicht bemerkten.

Die dritte Gruppe bestand aus Bea, Andreas und Christa. Da hatten sich die richtigen drei gefunden. Sie spielten dem Thema gemäß unterschiedliche Rollen und auf ihrem Flipchart war ein offener Vorhang zu sehen, zwei Masken, eine lachende und eine weinende, darüber stand „Alles Theater". Die Rollen gingen von hysterisch überdreht über professionell bis hin zu todtraurig und verzweifelt. Die Zuschauer lachten und fühlten mit, so hinreißend boten die drei ihre Vorstellung dar. Nur Rudolf sann auf eine kritische Frage und beschloss, anstatt etwas an Wissen beizusteuern, um auf die Unvollständigkeit der Darbietung hinzuweisen. Nachdem die anderen applaudiert und Andreas und Bea und Christa wieder Platz genommen hatten, fing er damit an.

„Also bei all eurem schauspielerischen Talent, das war mir denn doch zu einfach. Das Rollenverständnis in einer Führungsposition hat gefehlt und überdies kann man die Rollen nicht auf das Schauspiel allein reduzieren."

Er verlautbarte das aus dem Brustton der Überzeugung, ja er bellte es geradezu in Richtung der drei. Christa zuckte zusammen, Bea verkrümmte sich gleich einem Embryo. Einzig Andreas nickte und erwiderte „Wunderbar, danke für diese Ergänzung."

Und er strahlte nicht Rudolf, sondern Greg an.

Dieser wiederum wandte sich an alle: „Und, was glaubt ihr, welche Funktion Rudolf wahrgenommen hat? Danke dir dafür."

Jetzt ging einigen Teilnehmenden ein Licht auf.

„Der Kritiker, der Hinterfragende, der Zweifler, der Besserwisser, der Wichtigtuer, der Experte, der Wissenschaftler, der Lehrer, der Fachmann?" riefen sie durcheinander.

Greg bat sie, sich ihre Bezeichnung auf einer Moderationskarte zu notieren. Anschließend forderte er sie auf, zu reflektieren, was der Ausdruck, den sie Rudolf gegeben hatten, wohl über sie selbst aussagte. Und zwar was ihre Fähigkeit betraf, mit Kritik umzugehen im ersten Schritt. Und anschließend im zweiten Schritt, ob die Kritik sie funktional oder gar persönlich getroffen hatte. Danach zeichnete Greg ein einfaches Konfliktmodell auf, in das sie sich würden einordnen können. Wenn das noch nicht möglich war, fügte er noch hinzu, habe er einen Konflikttypentest mitgebracht, den die Teilnehmenden gerne für sich alleine ausfüllen könnten und danach eine eindeutigere Zuordnung in dem Modell finden würden. Greg wies auf einen Stapel Papier hin, der auf seinem Schreibtisch lag.

Bernhard stand als erster auf, um den Test zu holen. Wenig später folgten ihm die anderen und es kam zu einem Schweigen im Raum, während sie brav ihre Tests ausfüllten. Rudolf holte sich keinen dieser Tests, Veronika dafür gleich zwei, sie wollte einen für ihre Mitarbeitenden mitnehmen und kopieren.

Rudolf verbrachte seine Zeit damit, in Gregs Herz die Sehnsucht nach einem normalen Leben als Mensch zu installieren, währenddessen Greg sich darauf konzentrierte, Rudolfs kritische Haltung wieder zu neutralisieren.

Die persönlich Getroffenen wieder zu heilen und somit wieder arbeitsfähig zu machen. Denn er wusste, wenn ein Mensch sich kränkte, war dies seiner Kreativität und Schaffenskraft dermaßen abträglich. Nämlich deswegen, weil die meisten Menschen dann in eine Kindheitserinnerung meist unbewusster Art kippten und sich klein und wertlos fühlten. Er beobachtete das an den Körperhaltungen von Bea, Christa, Franz, Gerhard und Irene. Voller Konzentration verrichtete er diesen Energieausgleich und so bemerkte er nicht, dass Rudolf sich an ihm zu schaffen machte. Er nahm nur eine klitzekleine Irritation wahr, die er nicht weiter beachtete. Erst als Greg Rudolfs diebisches Lächeln sah, ahnte er, dass es etwas mit ihm zu tun haben könnte und zog sein Schutzschild auf. Zu blöd, dass er vorhin nicht daran gedacht hatte. Na warte nur, ging es Greg durch den Kopf, ich werde bald Gelegenheit haben, mich zu revanchieren und in dem Moment löschte er das „Opferprogramm" aus Irenes Zellen.

Irene seufzte tief und atmete laut aus. Sie erschrak selbst über diesen Vorgang in ihrem Körper. Dreimal ereignete sich das und sie lief nur noch beim zweiten Mal rot an. Beim dritten Mal schaute sie selbstbewusst in die Runde und Greg wusste, es war getan. Rudolf funkelte Greg an, er wusste nicht was konkret Greg getan hatte, nur dass Irene jetzt keinesfalls so leicht zu haben war wie zuvor. Das sah er schon an ihrer Körperhaltung.

Zum Glück folgte jetzt die Vormittagspause. Rudolf veränderte seine Strategie. Er wollte Irene jetzt zeigen, wie es ihm leid tat, gestern so müde gewesen zu sein und dass er sich für heute etwas ganz Besonderes einfallen hatte lassen. So weckte er ihre Neugierde und ließ sie selbst entscheiden, ob sie sich abendlich wohl auf ihn einließe. Er kredenzte Irene den Kaffee ehe sie es sich versah und bot ihr ein Stück des herrlichen Schokoladenkuchens an.

Dazu sagte er nur: „Du kannst es dir leisten."

Irene, die ihn jetzt leichter durchschauen konnte als zuvor, lächelte ihn an.

„Ich sehr wohl, du solltest lieber die Finger davon lassen."

Dabei drehte sie sich mit Kaffee und Kuchen in den Händen von ihm weg und setzte sich zu Gerhard an den kleinen Tisch.

Jener hatte sich Obst und Tee geholt, schließlich wollte er, der es gewohnt war, sich sonst den ganzen Tag zu bewegen, durch das ständige Sitzen im Seminar nicht zulegen.

Bald gesellte sich Franz zu ihnen. Die Gruppenarbeit vorhin hatte das Vertrauen zu Irene gestärkt. Franz hatte sich sowohl Obst als auch Schokoladekuchen aufgeladen. Er machte sich kaum

Sorgen um seine Figur. Rose würde es ihm vergönnen, dass er hier die Herrlichkeiten mit Freude verschlang. Schade, dass sie nicht da sein konnte, um sie mit ihm zu teilen. Er beschloss am dritten Tag ein Päckchen mit Köstlichkeiten mit nach Hause zu nehmen, er hatte im Hotelprospekt von so einem Angebot gelesen.

Greg lüftete den Raum und holte sich von draußen einen Espresso. Dabei streifte er Veronikas Arm wie zufällig und beide Herzen klopften für einen Moment lang schneller. Veronika wollte abwarten, was jetzt auf sie zukam. Deshalb blieb sie lieber auf Distanz. Doch die Berührung schleuderte sie wieder in diese Sehnsucht, mehr Zeit mit Greg verbringen zu wollen. Zum Glück ging das Seminar jetzt wieder weiter.

Bernhard fiel auf, dass Greg Stapel von Papier auf seinem Trainertisch liegen hatte und er musste an ein Planspiel oder etwas Ähnliches denken. Doch Greg fing mit einem einfachen Spiel an, das auch oft an Kindergeburtstagen oder auf Partys gespielt wird. Er bat alle Teilnehmenden auf die Haftnotizen, die vor ihnen lagen, eine prominente Person aus Gesellschaft, Kultur, Sport, Kirche oder Politik zu schreiben. Auch Götternamen, metaphorische Gestalten und Tierarten seien erlaubt. Dieses Papier wird nun dem Nebenmann oder der Nebenfrau an die Stirn geklebt. Nun darf jeder reihum eine Ja- oder Nein-Frage stellen, um herausfinden wer oder was er ist. Bei JA darf er weiterraten, bei NEIN ist der nächste dran. Sinnvoller Weise sollte man jemanden aufschreiben, der auch erraten werden kann. Gewonnen hat die oder der, der die Figur zuerst erraten hat. Alle anderen können aber weiterspielen bis alle fertig sind.

„Achtet darauf, dass der Nebenmann das Papier nicht sehen kann."

Die Absicht hinter diesem Spiel war es, den Teilnehmenden die erste fremde Identität zu geben, damit die weitreichendere folgende Übung leichter fiel. Irene schrieb für Rudolf „Zwerg" auf die Haftnotiz und lachte in sich hinein. Da wusste sie noch nicht, dass sie wenig später als „Giraffe" da sitzen würde. Jedenfalls lockerte das Spiel die Atmosphäre auf und es ging überraschend schnell, bis alle wussten wer sie waren. Es gab einen Zwerg, eine Giraffe, einen Rockstar, das war Andreas, ein Politiker, das war Christian, eine Schauspielerin, das kam Christa zu. Anna-Maria wurde als Kuscheltier, Franz als Rocky, der Boxer, Gerhard als der Landarzt, Veronika als eine berühmte Bergsteigerin und Bernhard als ein bekannter Moderator tituliert. Am längsten dauerte es bei Bea, kein Wunder, denn sie wurde just als das bezeichnet, wovon sie sich erst letztens distanziert hatte. „Betschwester" stand auf ihrer Haftnotiz. Als sie das schließlich erraten hatte, warf ihr Greg einen aufmunternden Blick zu.

„Bea, unsere Körperzellen speichern manchmal noch länger, was verstandesmäßig schon nicht mehr aktuell ist" sagte dieser Blick und Bea verstand ihn.

Anschließend blätterte Greg ein Flipchart auf, auf dem feinsäuberlich die Archetypen standen, die er sich frühmorgens überlegt hatte. Diesmal teilte er bunte Zettelchen aus und ließ die Teilnehmenden ziehen. Je nach Farbencode wurden sie jetzt in neue Gruppen zusammengewürfelt. Anhand des Königs spielte Greg mit allen durch, was er von ihnen wollte.

Wie geht ein König, wie hält er sich, wie spricht er, wie lacht er, wie entscheidet er? Was ist ihm wichtig? Was interessiert ihn überhaupt nicht? Wer darf ihm nahe kommen? Und vieles mehr. Ein ganzes Blatt füllte schließlich der König und jede Gruppe zog wiederum aus einer Fülle von Kärtchen die Rollen, die sie dermaßen beschreiben sollten. Dafür könnten sie gerne auch an die Luft oder in die Lounge gehen. In eineinhalb Stunden würden sie dann weitermachen.

Sagte es, ließ die Teilnehmenden alleine, ging in sein Zimmer und legte sich hin. Diese Arbeit mit vielen Menschen gleichzeitig strengte ihn mehr an, als er sich das vorgestellt hatte. Vor allem sie in ihrem Tempo und in ihrer Art und Weise zu lassen und dennoch herauszufordern, war denkbar aufwändig. Normalerweise gab er seinen Klienten Impulse und gut. Doch die Dynamik einer Gruppe war ihm neu. Zum Glück konnte er sich jetzt kurz auf seinem Zimmer erholen. Auch von der langen Nacht. Zum Abschluss duschte er nochmals heiß, zog sich frische Sachen an und gönnte sich einen frischgepressten Orangensaft. Danach ging es ihm wieder besser.

Die Teilnehmenden machten sich eifrig an die Arbeit. Es war eine Lustvolle, zumindest für die meisten.

Mittagspause

Greg schreckte auf. Er blickte auf die Uhr, die an seinem Handgelenk bedrohlich tickte und schnellte hoch. Es war schon mehr als die eineinhalb Stunden Zeit vergangen. Trotzdem ging er noch einmal ins Bad und wusch sein Gesicht mit heißem Wasser ab. Das tat seinen Dienst. Danach fühlte er sich wieder in der Kraft und rannte nach unten. Erleichtert bemerkte er, dass die Teilnehmenden auch noch bei der Arbeit waren. So schlenderte er gemütlich in den Seminarraum, als ob er geahnt hätte, dass sie mehr Zeit brauchten und er sie ihnen gewährt hatte.

Gönnerhaft grinste er und verkündete laut: "Meine Lieben, kommt jetzt bitte langsam zu einem Ende. Wir wollen doch pünktlich zum Mittagstisch kommen. Und danach könnt ihr euch auf einen inspirativen Nachmittag freuen, darum machen wir heute eine kurze Mittagspause und keine Abendeinheit. Einverstanden?"

Die Teilnehmenden brummten zustimmend, nur Bea rief aus „Herrlich! Danke", was ihr wiederum einen strafenden Blick aus Gregs Augen eintrug, weil sie schon wieder Gefahr lief, sich anzubiedern.

Er folgte den anderen nicht gleich, sondern wartete auf den Ausdruck von der Rezeption, alles war vorbereitet, nur die Regieanweisungen fehlten noch. Greg wollte sich am Nachmittag entspannen und die Teilnehmenden arbeiten lassen. Schließlich hieß sein Seminar ja „Selbst und Neu" und ohne entsprechende

Selbsterfahrung würde das nichts werden. Er holte die Videokamera aus der Abstellkammer neben dem Seminarraum und postierte sie so, dass er die „Bühne" überblicken konnte.

Danach verteilte er die Requisiten für die einzelnen Rollen auf den Sesseln und legte die Zettel mit den Rollen dazu. Also eine Krone für den König, ein Mantel für die Zauberin, den Zauberer, eine Schellenkappe für den Hofnarr oder die Hofnärrin und so weiter. Endlich kam auch die freundliche Mitarbeiterin der Rezeption gelaufen und brachte die ausstehenden Kopien.

Greg würde es dem Zufall überlassen, wer wann von der Mittagspause zurückkam. Die ersten würden gleich die ersten sechs Schauspieler und Schauspielerinnen sein. In der zweiten Aufführung würde er eine Rolle streichen. Als besonders wichtig erachtete er, dass die Beobachtenden genauso konzentriert arbeiten sollten, wie die Schauspielenden. Doch dazu später. Jetzt wollte er sich auch etwas zu beißen holen, der Duft, der durch die Türe hereingeströmt war, als die Rezeptionistin hereingekommen war, ließ auf ein köstliches Essen schließen. Greg machte vorsorglich die Terrassentüren zu und zog die Vorhänge vor. Anschließend versperrte er den Raum von außen. Neugierige Nasen waren bei dieser Übung schlicht unerwünscht.

Gregs Riechorgan hatte sich hingegen nicht getäuscht. Es duftete am Gang nach frischem Fenchelgemüse mit Parmesan und dazwischen mischte sich auch noch der Geruch von Marillenknödeln. Alles, was mit Orangen, Mandarinen, Marillen, Zitronen zu tun hatte, gehörte zu den Lieblingsspeisen von Greg. Ob in Marmeladenform, als Kuchen, als Palatschinken, als Knödel oder pur. Er liebte es, in seiner Farbe zu essen. Orange. Beim Buffet angekommen, bediente er sich am Fenchel, der ihm auch sehr gut mundete. Doch er behielt ein Auge auch auf die Marillenknödel. Denn er würde sicher vier bis fünf davon essen wollen und es beruhigte ihn, dass immer wieder Nachschub aus der Küche eintraf. Greg konzentrierte sich auf sein Essen und blickte weder rechts noch links.

Das ermöglichte Veronika, den interessanten und ebenso seltsamen Mann zu beobachten, der sie anzog und abstieß zugleich. Ihre Intuition sagte ihr, dass mit dem Seminar auch ihre Begegnung ein Ende haben würde. Doch Veronika ahnte ein Ereignis, das es wert war, erlebt zu werden. Unvernünftig wie sonst selten entgegnete sie ihrer Intuition: „Na und?".

Das Schauspiel

Nach der Mittagspause versammelten sich alle wieder im Seminarraum und konnten einen Umbau in eine theaterförmige Position der Sessel feststellen. Auch bemerkten einige von ihnen den Kleiderständer, auf dem seltsame Dinge hingen.

Greg begrüßte sie einzeln mit Handschlag beim Hereingehen und schaute jeder und jedem in die Augen. Damit verankerte er den Erfolg der nächsten Übung in ihren Körpern. Erfolg in dem Sinne, dass sie das Maximum aus der Übung hervorholen konnten. Und zwar sowohl als Schaustellende als auch als Beobachtende. Greg mochte den Begriff des Schaustellers lieber als den Begriff des Schauspielers, weil, so reimte er es sich zusammen, wir ja immer Anteile von uns selbst preisegeben, wenn wir eine Rolle spielen. Deswegen fand er das „zur Verfügung stellen der eigenen Person" passender, als jemanden zu spielen.

Er hatte die Regieanweisungen ausgedruckt und teilte sie an die Hälfte der Gruppe aus. Rudolf, Irene, Bernhard, Veronika, Anna-Maria und Gerhard. Die restlichen Teilnehmenden erhielten ihr Beobachtungsblatt, auf dem nur geschrieben stand: „Welche Nuancen beobachtest du an …"

Anschließend teilte er jedem eine Person zu. Er selbst nahm sich Rudolf, weil dieser ohnehin nie ganz echt war und immer eine „Maske und einen Mantel" trug. Sinnbildlich gesprochen. In weiterer Folge verteilte Greg die sechs Rollen an die Schaustellenden, je nachdem welche Rolle sie sich als erster wählten.

Rudolf nahm wie selbstverständlich den König, Gerhard den Tischler, so blieb für Bernhard nur noch der Hofnarr, den nahm er grinsend zur Kenntnis. Anna-Maria wollte einmal Prinzessin sein, Irene die Zauberin, so blieb für Veronika die Rolle der hübschen Magd, in die sie lächelnd einwilligte.

Doch jetzt kam der Clou der Übung. Jedes Mal, wenn Greg einen Gong schlagen würde, sollten die Rollen gewechselt werden. Dafür also die Requisiten, damit die Beobachtenden bemerkten, wer jetzt genau wen spielte. Greg bat die Beobachtenden auch, die Reihenfolge der Rollen, die „ihre" Schausteller einnahmen, zu notieren.

Am Ende des ersten Aktes würden sie alle sich für alle Rollen zur Verfügung gestellt haben und die Ausbeute der Reflexion würde groß genug sein, dass jede und jeder sein Rollenrepertoire erkannt hatte. Die Beobachtenden würden ihr Übriges dazu tun.

Es war einmal ein weit reichendes Königreich. Der König hatte seine geliebte Frau bei der Geburt der Prinzessin verloren. Nun war seine Tochter sein größter Schatz, wiewohl es ihm an Ländereien und Edelsteinen nicht mangelte. So kam es, dass er ihr sprichwörtlich einen goldenen Käfig bauen ließ. Ganz oben im Turm ein richtiges Prinzessinnengemach, wunderhübsch ausgestattet.

Er wollte keinesfalls, dass sie mit den gewöhnlichen Leuten in Kontakt kam. Deshalb verbot er ihr, als sie zu einer jungen Frau heranwuchs, jeglichen Kontakt mit dem Personal. Einzig ihre Magd durfte in ihre Nähe kommen. Auch die Handwerker, die ihre Gemächer einrichteten, durfte sie nicht sehen. Dazu ließ er sie sogar extra in seinem königlichen Gemach einsperren. Und zwar mit seinem Haus- und Hof-Schneider und ließ für sein Töchterlein zauberhafte Kleider schneidern. Bei dem Wort „zauberhaft" merkte die ansässige Zauberin auf, wer weiß, vielleicht würden ihre Dienste bei Hofe bald gebraucht. Sie verhexte sich in eine kleine Kuschelkatze und miaute laut auf dem Fenster der königlichen

Gemächer. Erst als der Schneider den Raum verließ, zeigte sie sich der Prinzessin in ihrer wahren Gestalt. Die Prinzessin erschrak und wich zurück. Doch der Zauber wirkte und bald schon begann Rosamunde der Zauberin zu vertrauen und glaubte deren Worten „sie jederzeit zur Hilfe rufen zu können." Danach verwandelte sich die Zauberin in einen Vogel, und flog durch das Fenster wieder von dannen. Minuten später kam die Magd zur Türe herein und fand eine bitterlich weinende Prinzessin vor. Sie betrauerte, dass ihr all die schönen Kleider nichts nützen, wenn sie keine Menschen Seele sehen durfte. Und weil sie der Magd vertraute, erzählte sie auch von der Zauberin. Die Magd schlug die Hände über dem Kopf zusammen, weil sie es nicht glauben konnte und sie schon so allerlei von manch bösem Zauber der Zauberin gehört hatte. Deswegen schlug sie der Prinzessin vor, den Hofnarren zu befragen, vielleicht hatte der eine gute Idee. Jener war allerdings nirgends aufzufinden, der König hatte ihn in Beschlag genommen. Er sollte seine Sorgen, um sein schönes Kind zerstreuen, doch der Hofnarr ergriff Partei für die Prinzessin und sang Lieder, die von Freiheit und Lebenslust sangen.

Der König reagierte zornig und drohte den Narr in den Kerker zu schmeißen. Zum Glück kam in diesem Moment der Tischler zu Tür herein und erbat untertänigst den Rat des Monarchen. Der Tischler war in die Magd verliebt und sie auch ihn, deswegen wusste er, dass mit dem König nicht gut Kirschen essen ist, wenn man zu selbstbewusst auftrat.

Der Hofnarr nutzte die Gelegenheit und dichtete schnell ein G'stanzel, das des Königs Relevanz bediente, der Sorge des alternden Vaters um seine schöne Tochter.

Doch der Tischler bat den König mitzukommen, und weil der Hofnarr nur allzu neugierig war, folgte er den beiden. An einem der Flure trafen sie die aufgeregte Magd, die beim Anblick des Tischlers errötete, allerdings froh schien, den Hofnarren gefunden zu haben. Sie fuchtelte mit den Armen, damit jener verstand, dass sie ihn dringend brauchte. Er nickte ihr zu und gab ihr zu verstehen, dass er zuvor noch dem König folgen musste. Also schloss sich die Magd dem Grüppchen an.

Je näher sie dem Prinzessinnengemach kamen, desto mehr Türen stellten sich ihnen in den Weg. Der Tischler getraute sich eine Bemerkung über die Dunkelheit des Ganges zu machen, doch der König winkte ab. Als sie endlich im Prinzessinnengemach angekommen waren, herrschte auch hier eine Dunkelheit durch die vergitterten Fenster und die schweren, wenn auch hellen Vorhänge. Die Magd hörte dem Tischler aufmerksam zu, als er darüber sprach, dass es unmöglich sei, hier ein helles, freundliches Klima zu erzeugen, wenn es verboten war, die Fenster zu öffnen. Und überhaupt, erinnerte der Turm ihn eher an Rapunzel als an die hübsche Prinzessin.

Der König begann zu toben und der Narr sein G'stanzel zu singen. Das besänftigte den Monarchen wieder, doch er konnte eben nicht aus seiner Haut und sank auf dem zarten Canapé in sich zusammen. Weil ihn seine Bediensteten nicht so sehen durften, verließen sie rücksichtsvoll den Raum. In diesem Augenblick, wo die Tür ins Schloss fiel, baute sich vor dem Monarchen die Zauberin auf.

Verführerisch begann sie zu sprechen „Ich habe einen Lösung für deinen Seelenschmerz."

Der König blickte auf und war überwältigt von ihrer Schönheit. Er fragte nicht lange, wo sie so plötzlich herkam, er wollte nur wissen, wie die Lösung wohl aussah. Sie erklärte ihm, sie hätte einen Saft, und wenn die Prinzessin von dem tränke, würde sie überall hingehen können und doch kein Herz berühren. Dieser Saft fror ihr Herz ein und es bedürfte nur der einzig wahren Liebe, um es wieder warm und weich zu machen. Und die würde wohl lange auf sich warten lassen, wenn die Prinzessin kühl und distanziert mit den Männern umginge.

Der König stimmte ohne viel nachzudenken, was wohl aus seiner herzensguten Tochter werden würde, zu. Er fragte nicht einmal nach dem Preis. Doch die Zauberin vergaß keineswegs, was sie dafür vom König wollte. Nämlich den Platz an seiner Seite. Dafür hatte sie sich zu ihrer Audienz auch besonders hübsch gemacht. Der König legte den Kopf schief und schien nachzudenken. Den Platz an seiner Seite? Viel zu lange stand der schon leer und diese Frau wirkte in seinen Augen wirklich königlich, obwohl sie nicht von blauem Blute abstammte. Die Zauberin verstand es, seinen Blick zu trüben und nickte ihm ermutigend zu.

Währenddessen konnte die Magd draußen vor der Tür den Hofnarr fragen, welche Lösung ihm wohl einfiele für der Prinzessin Not. Der Narr ließ seinen Schellen läuten und dann sagte er, dass die Zauberin sicher schon einen Plan hatte, welchen sie alle durchkreuzen mussten. Danach legte er die Stirn in Falten und es schien, er schaute ins Narrenkastel, doch schließlich verkündete er, dass er eine Idee hätte und dass er nur die Magd und den Tischler dafür bräuchte. Denn sie waren es bekanntlich, die ein gutes Herz hatten und auch andere mit reinen Herzen kannten. Und er fragte sie auch gleich, welcher junge Mann wohl für die Prinzessin der Beste sein könnte. Und sie sollten das nicht gleich entscheiden, sondern in sich gehen und auch die anderen Dienstboten einweihen, dass die Prinzessin einen Mann mit reinem Herzen suchte.

Ob Prinz oder ein anderer Edelmann oder einer von den Handwerkern, wichtig sei, dass er das Herz am rechten Fleck hatte. In der Zwischenzeit waren die Magd und der Hofnarr wieder bei der Prinzessin angekommen und vereinbarten mit ihr, dass sie die Zauberin rufen sollte. Und was die ihr auch immer versprach, sie sollte zustimmen und machen, was die Hexe ihr vorschlug. An der Aufhebung des Zaubers würde fleißig gearbeitet. Denn der Hofnarr wusste, was er den anderen nicht verriet, es ging immer nur um die Liebe, die gegen jeden Zauber siegen konnte und dabei konnte er sich auf die Magd und den Tischler verlassen. Dessen war er sich sicher.

Die Magd und Tischler verstanden gar nichts. Doch sie taten, wie ihnen geheißen worden war und verbreiteten hinter vorgehaltenen Händen die Kunde.

Diese Kunde, dass die wunderschöne Prinzessin einen Ehemann suchte, erreichte schließlich über viele Umwege einen anderen Königshof, dessen Prinz sich lieber in den Werkstätten herumtrieb als in den Ballsälen. Er wagte das Abenteuer und heuerte bei dem Tischler als Geselle an. Nun gab es also einen jungen Prinzen am Königshof, von dem niemand wusste. Die Prinzessin hatte von dem Trank getrunken, weil die Zauberin ihr versprochen hatte, dass sie dann ihren Vater überzeugen würde können, ihr ihre Freiheit zu schenken. Doch nachdem sie den Trank eingenommen hatte, stellte sie fest, dass sie ernster aus dem Spiegel schaute und das verwunderte sie sehr.

Der Magd rann sogar ein Schauer über den Rücken, als sie zur Prinzessin in das Zimmer kam. Deshalb wagte sie es auch nicht, ihr von dem hübschen Gesellen zu erzählen, der beim Tischler arbeitete. Sie schwieg lieber. Allerdings stimmte eines, der König ließ seine Tochter sogar auf Reisen gehen und zu jedem Fest seines Burgvolkes.

Die Prinzessin war schon längst in ihre eigenen Gemächer gezogen, die einer Puppenstube ähnelte, die Gitter vor den Fenstern waren entfernt worden und in den Raum fiel viel Licht durch die großen Fenster. Doch der Prinzessin war immerzu kalt und sie fröstelte viel. Auch die schafwollene Decke, die ihr der König zukommen hatte lassen, kratzte mehr, als dass sie sie wärmte. Beim schönsten Sonnenschein spürte die Prinzessin ein Schaudern und konnte es sich nicht erklären.

Ebenfalls kam es ihr seltsam vor, dass alle Menschen auf Abstand zu ihr gingen, das war doch früher nicht so gewesen. Den König betrübte sein Handel bereits kurz, nachdem er ihn vereinbart hatte. Seine Tochter, die sein Sonne und sein Licht gewesen war, strahlte jetzt nicht mehr. Und er rief die Zauberin zu Hilfe und bat sie, den Zauber doch wieder rückgängig zu machen. Sie reagierte sofort auf seinen Ruf, doch anschließend lachte sie ihn aus. Dass so etwas so einfach nicht sei und ein halbes Jahr auf jeden Fall andauern würde. Schließlich hatte er sich damit abgefunden. Die Zauberin zeigte sich ihm sicherheitshalber nicht, sondern besuchte ihn in Gestalt einer fliegenden Feder, die ihn sanft umgarnte. Doch er konnte jedes ihrer Worte verstehen. Das machte den König nur noch betrübter und krank vor Sorge.

In der Zwischenzeit in der Werkstätte des Tischlers zerrissen sich die Arbeiter den Mund, was die Prinzessin betraf. Sie hätte wohl einen Besen verschluckt, behauptete der ältere Tischler, doch der Prinz im Tischlergewand entgegnete, dass sie vielleicht einfach sehr unglücklich sein dürfte. Sie hatten den Auftrag, für die Prinzessin einen Vogelkäfig zu bauen, damit ihr die gefangenen Vögel den Tag versüßten. Der Käfig sollte rosafarben angemalt werden, das sei die Lieblingsfarbe der Prinzessin.

Als die Magd den Käfig in der Werkstatt erblickte, schlug sie die Hände über dem Kopf zusammen und erklärte den verdutzten Handwerkern, dass die Prinzessin in sich selbst gefangen war, seit sie sich mit der Zauberin eingelassen hatte. Der Tischler nahm sie in den Arm und beschwichtigte sie sofort, dass es keinen Zauber gäbe und dass das Kind wohl, sein ganzes Leben lang zu verwöhnt worden wäre und nicht zu schätzen wisse, was Freiheit und Reichtum bedeuten konnten. Das wüssten nur die Bediensteten, weil sie beides nicht ihr Eigen nannten.

Der Prinz spitzte bei dem Wort Zauberin die Ohren. Er hatte schon vermutet, dass da etwas nicht mit rechten Dingen zuging. Er fragte die Magd, ob er den Vogelkäfig, sobald er fertig lackiert wäre, in das Zimmer der Prinzessin bringen dürfe und sie stimmte zu. Mit jedem Pinselstrich versuchte der Prinz all seine Liebe in die Farbe zu packen, die er je erfahren hatte. Von seinen Eltern, von seiner Amme, von Freunden und von seinen Tieren, die er wahrhaftig liebt und die ihm am Hof am meisten fehlten. Die Pferde vor allem, mit denen er es liebte, durch Feld und Flur zu jagen. Er seufzte laut. Der Tischler wandte sich ihm zu. Ja, ja es ist schon zum Seufzen, so ein junges Ding und so ein Eisblock. Die rosa Farbe musste erst gut trocknen, dabei konnte es der Prinz kaum erwarten, der Prinzessin endlich gegenüber zu stehen.

Am nächsten Morgen stand die Magd plötzlich in der Werkstatt. Sie berichtete von dem jungen Mädchen, das alle Spiegel abgehängt hatte, weil sie sich in ihnen so fürchterlich fremd vorkam. Die Magd berichtete auch, dass die Prinzessin kaum mehr etwas zu essen bestellte, weil sie keinen Hunger mehr verspürte und dass das nicht mehr lange so weiter gehen konnte. Und wenn ihr Vater, der König in ihre Gemächer kam, beklagten sie den Tod der Königin, was sonst konnte ihre Herzen so dermaßen erkalten lassen.

Der König wurde dann von schlechtem Gewissen erfasst, doch er widersprach ihr nicht, sondern antwortete stets, „jaja, das wird es wohl sein."

Die Tage krochen dahin, und obwohl seine Tochter frei war, schien sie sich nicht am Leben zu erfreuen. Der König wurde schwer krank, der Kummer schien ihn aufzufressen. Das wiederum machte die Prinzessin noch betrübter und sie war geneigt, wieder die Zauberin zu rufen. Doch weil sie auch daran dachte, dass sie seit der „Hilfe" der Zauberin, sich nicht mehr im Spiegel sehen konnte, wartete sie noch zu. Zum Glück, denn schon einen Morgen nach der bösen Kunde von des Königs Krankheit eilte der Prinz in die Gemächer der Prinzessin.

Er hielt den rosa lackierten Vogelkäfig wie eine Trophäe in der Hand. Zuvor hatte er ein paar Singvögel mit Widerwillen gefangen, damit sie der Prinzessin Freude bereiten sollten. Mit Widerwillen deswegen, weil er an die Freiheit jedes Geschöpfes unter dem Himmelzelt glaubte, doch er verlor sich in dem Gedanken, dass die Vögel und er nun gemeinsam für das Gute kämpften.

Als der Prinz sich auf den Weg zu den Prinzessinnengemächern machte, glitzerte ihm ein Licht entgegen. Es blendete ihn fast, doch er hielt dem Glitzern stand. Ein helles Klingen lag in der Luft und er vermeinte, auf sphärische Hilfe hoffen zu können, auf seinem schweren Gang zur Prinzessin. Sein Herz wurde beschwingter und leichter durch dieses Glitzern und den Klang und er fasste neuen Mut, die Prinzessin vielleicht sogar damit anstecken zu können.

Er konnte ja nicht ahnen, dass die Wald- und Wiesenelfen die Vögel begleiteten und sich für deren Wohlergehen einsetzten. Auch hatten jene vom Prinzen gehört, der sich als Tischler verdingte, und davon, wie liebevoll er mit Holz umging, ja, sich sogar beim Wald für dessen Herkunft bedankte.

Auf seinem Weg kam er an des Königs Gemächern vorbei und es zog ihn wie magisch hinein. Mittlerweile war der Prinz von einer hellen Aura umgeben, und der König offenbarte ihm sein Leid, gleich einem Kind, das Zutrauen fasst. Es führte gar so weit, dass der König ihm sein Haupt auf den Schoß legte und begann, bitterlich zu weinen. Der Prinz fühlte sich von den Elfen gut begleitet und wagte es, dem Monarchen über den Kopf zu streifen. Mit einem Mal richtete der sich auf und blickte zuversichtlich in die Welt. Er befahl dem vermeintlichen Tischler kein Wort über diese Szene zu verlieren und er befahl ihm, den Vogelkäfig schnurstracks zur Prinzessin zu bringen, weil der diesem seine eigene Ermutigung zusprach.

Auf der Treppe begegnete ihm die Magd, die sich sofort in eine unterwürfige Pose begab. Er reichte ihr die Hand und sagte, dass alle Menschen gleichwertig seien und sie ohne weiteres auf Augenhöhe bleiben könne. Erst da bemerkte sie, dass sie vor dem Tischler in die Knie gegangen war und schüttelte verständnislos den Kopf. Doch ihr Herz wurde warm und sie fasste endlich den Mut, sich dem älteren Tischler zu offenbaren.

Als der Prinz endlich zur Prinzessin vordrang, spürte er den eisigen Wind in ihrem Gemach. Er beschloss mutig, sich davon nicht beeindrucken zu lassen und schritt, nachdem er den Vogelkäfig abgestellt hatte, direkt auf sie zu und umarmte sie. Er konnte ihr Herz klopfen spüren und ihr Zittern, weil es sie fröstelte. Er ließ sie nicht los, sondern begann, ihre Gliedmaßen zu reiben, auf dass sie sich erwärmten. Die Vögel begannen zu singen und er ging und machte die Käfigtüre auf. Dann ging er zum Fenster und ließ die Vögel frei. Danach umarmte er die Prinzessin abermals und hielt sie bis in die späten Abendstunden. Es schien, der Prinz musste einen Eisblock zum Schmelzen bringen. Er wiegte die Prinzessin wie ein Baby und ließ alle seine Liebe aus seinem Herzen in ihr Herz fließen. All die wunderbaren Erinnerungen, die er in der Natur und mit Lebewesen gesammelt hatte.

Langsam kam wieder Leben in die junge Frau und ihre Augen begannen leicht zu strahlen. So blau wie der schönste Bergsee, an den er sich erinnern konnte. Ihre Lippen bekamen wieder Blut und Farbe, wie die schönste Rose, die er je gesehen hatte. Es war leicht, sich in diese Prinzessin zu verlieben. Ihre Hand drückte ihn ganz leicht und er bemerkte, dass sie warm geworden war. Schließlich war es vollends geglückt. Die Prinzessin schmiegte sich warm und weich an den jungen Prinzen und sie küssten sich ganz zart.

Rudolf wurde seiner Rolle als König mehr als gerecht. Seine Leibesfülle passte und er genoss es sichtlich, endlich seine Rolle inne zu haben. Doch dann erklang der Gong und Rudolf musste den Hofnarren machen. Auch das gelang ihm, indem er ihn diabolisch anlegte. Als es jedoch an ihm war, den Tischler zu mimen, merkten die Beobachtenden die Missgunst für den niederen Stand, die er in diese Rolle legte. Und erst recht bei den Rollen der Magd und der Prinzessin bemerkten alle, wie wenig er von schwachen Frauen hielt. Allein die Rolle der Zauberin, in der ausgerechnet Andreas ihm als König gegenübersaß erfüllte ihn wieder mit seinem diabolischen Feuer. Dabei wollte sich Rudolf nur nicht ganz zeigen, doch die Rollen offenbarten sein Wesen.

Bei Andreas, der sich als König nur allzu leicht von Rudolf, der Zauberin einlullen ließ, kam bei den Beobachtenden auf, dass Andreas die Rolle des Königs noch nicht ganz ausfüllen konnte, es fehlte ihm der Machtanspruch. Das alles hielten sie auf ihren

Bögen fest. Für alle anderen Rollen war Andreas wie geschaffen, ob Mann, ob Frau, er konnte sich hineinversetzten.

Anna-Maria schien die Rolle der Prinzessin auszukosten, doch schon als ihr Irene als Zauberin erschien, war ihr ihr geringer Selbstwert anzumerken. Sie fühlte sich wieder klein. Und so machte es ihr große Schwierigkeiten, die anderen Rollen zu spielen. Sie machte das brav, doch ohne Kreativität, die ihr die anderen als Kindergärtnerin wohl zugeschrieben hatten. Doch für Anna-Maria war die Szene mit der Zauberin der Schlüssel .Sie wusste nun, woran es zu arbeiten galt.

Irene wiederum war eine herrlich verführerische Zauberin, was ihr wohl keiner zugetraut hätte. Sie lebte auch richtig auf, als sie die Prinzessin und den König spielen durfte. Ebenso als Magd und Tischler und als Narr schlüpfte sie in die Rollen und sie schien rechte Freude daran zu haben. Das war ihre Lektion. Ihre Talente selbst zu leben, statt sich darüber zu ärgern, dass das Leben nur die anderen bevorzugt. Dann erübrigten sich wohl alle Intrigen sowohl im Job als auch im Privaten. Das dämmerte Irene langsam, aber sicher.

Veronika fühlte sich als Magd sehr wohl, die Rolle in ihrer Bescheidenheit behagte ihr. Auch als sie die Rolle des Tischlers von Gerhard übergeben bekam, strickte sie ihr Ärmel auf und machte sich an die Arbeit. Sogar der Narr gelang ihr gut, sie dachte an ihre Firma und so manchen Streich, der dort vorkam, allerdings unter einer anderen Bezeichnung. Beim König und der Prinzessin wirkte sie scheu, bei der Zauberin fast verhalten.

Greg beobachtete das mit einem Wohlgefühl, Veronika wusste um ihre innere Magie, doch sie konnte noch nicht zu ihr stehen. Veronika bemerkte das auch, gerade in der Rolle der Zauberin - das war ihre Erkenntnis.

Blieb noch Gerhard. Ihm war diese Übung zuwider, doch im Laufe der Zeit fand er Gefallen am Spiel. Das zeigte er, indem er alle Rollen übertrieben anlegte. So wie er das auch in seinem Leben regelmäßig tat. Er nahm sich selbst auf den Arm. Das würde er erst bei der Rückmeldung der Beobachtenden schmerzhaft erfahren. Und Greg würde ihn dann wohl fragen, wie lange er dieses aufwändige Theater in seinem Leben noch spielen wolle und ihn bitten, in dieser Nacht den Gerhard zu beschreiben, der er wirklich war. Und zwar ganz ehrlich. Erst nachdem Greg Gerhard diesen Auftrag gegeben hatte, würde er ihn für die anderen auch austeilen. Die Frage, wer sie wirklich waren. Die Ergebnisse durften bei den Teilnehmenden bleiben Doch es schien Greg wichtig, Gerhard ein Stück herauszunehmen, damit er den Ernst der Lage begriff. Wenn jemand sich über alles lustig macht, oder eben alles überzeichnet kommt dies einer Verleugnung seiner selbst gleich.

Bei der zweiten Gruppe nahm sich Bernhard den König, Christa die Magd, Franz den Tischler, Bea die Prinzessin und Christian den jungen Prinzen. Greg ließ die Beobachtenden gleich in ihre neuen Rollen schlüpfen, die Reflexion der Beobachtungen würde erst kommen, wenn sie alle beieinander hatten.

Irene bekam die Zusatzaufgabe, die Stimme der Zauberin zu sprechen, und ansonsten zusätzlich den jungen Prinzen zu beobachten. Diese Aufgabe hatte Veronika ausgefasst und für Christian konnten zwei Beobachtende sicher nicht schaden. Irene fand es spitze, noch einmal als Verführerin stimmlich wirksam zu werden und Veronika war froh, den immer noch spröden Christian nicht alleine beobachten zu müssen. Greg betätigte den Gong, der zweite Teil konnte beginnen.

Bernhard stellte den König tadellos dar, nur der aufmerksamen Beobachtung von Greg fiel auf, dass Bernhards Aura ein Stück männlich aufgeblasen wirkte. Greg schmunzelte, er konnte die Energie der Frau in Bernhards Aura noch sehen. Das schien eine leidenschaftliche Nacht gewesen zu sein. Bernhard behielt diese Ausstrahlung in allen männlichen Rollen, als Magd und Prinzessin stellte er sich dementsprechend linkisch an. Daraus schloss Greg, dass Bernhard sich wohl heute wieder eine Frau ausgeguckt hatte.

Veronika war es jedenfalls nicht, das hatte er bei den Interaktionen der beiden schon feststellen können.

Bea gab eine voluminöse, doch zuckersüße Prinzessin, wahrscheinlich war sie als Kind nicht genug gesehen worden, sie schien die ungeteilte Aufmerksamkeit zu genießen, die ihr zuteilwurde. Umso erschütterter geriet sie in die Rolle der Magd, mit Unbehagen stellte sie die Dienstbotin dar, zum Glück war da der ältere Tischler, an den schmiss sie sich glutäugig heran. Die Männerrollen fielen ihr schwer. Sie konnte ihren Hüftschwung fast nicht durch eine maskuline Art des Gehens verstecken, als Prinz fühlte sie sich denkbar unwohl und das auch aufgrund des Prinzen-Gewandes, das ihr eindeutig zu eng war. Als sie endlich in der Rolle des Königs angekommen war, gelang es ihr wieder besser. Nur als Irene als Zauberinnenstimme mitwirkte, fiel Bea wieder in sich zusammen. Sie würde mehr brauchen, als ein dreitägiges Seminar, Greg tippte auf eine Familientherapie, die er ihr im Feedback unter vier Augen empfehlen würde.

Christian, der dem Schauspiel kritisch gegenüberstand, wollte gute Miene zum vermeintlich bösen Spiel machen. Das war seine Überlebensstrategie. Als Prinz gelang ihm das anfangs sehr gut, doch weil der Prinz ja ein offenes Herz hatte, kam er bald in die Bredouille. Er dachte an das, was seine Freundin ihm zum Abschied gesagt hatte und ließ endlich los. All seine Erwartungen von sich selbst, all seine Vorstellungen von ideal. Er ließ sich auf die Rolle ein und Veronika staunte darüber nur so. Leider kamen dann für Christian die anderen Rollen zum Einsatz, die er wieder brav spielte. Von der Magd über den Tischler über die Prinzessin zum König. Christian tat, was der jeweiligen Rolle entsprach. Doch die Erfahrung als Prinz beschäftigte ihn weiter.

Franz war mit dem Schauspiel eindeutig überfordert. Der ältere Tischler ging noch gut. Als er eine Schlüsselszene des Prinzen spielten sollte, versagte ihm die Stimme, doch sein Körper drückte alles aus. Greg nahm die Kamera und machte Fotos. Damit Franz danach sehen konnte, dass er nicht immer Worte brauchte, um wirksam zu sein. Als Prinzessin, als Magd und als König fühlte Franz sich unwohl, er blieb einfach und schlicht. Das war ja das Besondere an diesem Mann und in den Rückmeldungen würde er es erfahren.

Christa war eine herrlich junge Prinzessin, eine dienstbare Magd, ein gestandener älterer Tischler, ein liebevoller Prinz, nur beim König bemerkte sie und auch die anderen, dass sie sich diese Rolle nicht zutraute. Greg tat etwas, das er zuvor noch nicht getan hatte. Er ging zu Christa auf die Bühne und stellte sich hinter sie, er flüsterte etwas in ihr Ohr und plötzlich veränderte sich die Szene. Christa wurde königlich. Langsam ging Greg immer weiter zurück, doch der Effekt hielt an. Jetzt wusste Greg, was er Christa im Feedbackgespräch empfehlen konnte. Doch davor kamen jetzt die Beobachterrunde und der halbe morgige Seminartag.

Der morgige Nachmittag würde den unterschiedlichsten Feedbackschleifen gewidmet bleiben. Es würde auch keine Schlussrunde geben, denn die Teilnehmenden sollten gleich nach dem Feedback mit dem Transfer beginnen. Was immer das auch für den oder die Einzelne bedeutete.

Die Beobachterrunde

Die Beobachterrunde leitete Greg mit den Worten ein, dass die intimen und persönlichen Beobachtungen vor dem Abendessen gemacht werden sollten. In erster Linie ging es jetzt darum, alle Rollen aufzuschreiben, die beobachtet worden waren. Dazu rollte er zwei Pinnwände heran, die an beiden Seiten mit braunem Packpapier bespannt waren. Er bot jeder Beobachtergruppe eine Pinnwand an und forderte sie auf, die beobachtenden Rollen auf das vorbereite Mind Map zu schreiben. Das Mind Map war auf die darzustellenden Rollen reduziert. Die Äste, die von diesen Hauptästen weggingen, könnten die Teilnehmenden frei strukturieren, wenn sie das wollten. Greg riet ihnen auch, ein oder zwei Schreibende zu bestimmen, damit die Arbeit zügig voran ging.

Kaum hatte er seine Ausführungen beendet, standen Veronika und Bernhard als Schreibende fest und die jeweilige Gruppe legte los. Beim König fanden sich Rollenbeschreibungen wie „der Machthungrige, der Herrschende, der Bestimmer, der Despot, der liebende Vater, der trauernde Witwer, der verführbare Mann und viele mehr. Bei der Prinzessin standen Worte wie zum Beispiel die Naive, das Blondchen, die Zicke, der Teenager, die Versteinerte, die Verliebte, die Unmäßige, die Rebellische.

Greg dachte bei sich, dass die Beschreibung der Rollen in den Augen der Betrachtenden sehr unterschiedlich seien, doch darin bestehe eben die Buntheit der Erde. Sagen wollte er das noch nicht, wenn schon, dann erst am Ende der Arbeit, denn sonst würde es wohl sofort auf die Verstandesebene kippen.

Im Laufe der nächsten halben Stunde füllten sich beide Blätter mit Rollen, die außer den vorgegebenen noch von den Beobachtenden gesehen und erlebt wurden. Die Rückseiten markierte Greg nunmehr mit den Namen von denjenigen, die die Rollen gespielt hatten. Und zwar in der von ihm mitgeschriebenen Reihenfolge. Das sollte den Teilnehmenden helfen, sich auch selbst daran zu erinnern, wie es ihnen in den jeweiligen Rollen gegangen war.

Danach drehte er die Tafeln um und bat um den zweiten Teil dieser Übung. Bewusst, bevor sie alle die Rollen gelesen hatten, um die puren Empfindungen einzufangen.

So kam es, dass die Pinnwand mit den beobachteten Rollen neben der Pinnwand mit den selbst empfundenen Rollen zu stehen kam. Und auf den jeweiligen Rückseiten die Ergebnisse der zweiten Gruppe. Greg bat die jeweilige Gruppe sich vor den Pinnwänden zu platzieren, um anschließend ihre Erkenntnisse auf einem Flipchart festzuschreiben.

Die Energie im Raum war hoch. Das Schauspiel hatte das seine getan, die meisten Teilnehmenden hatten sich jetzt warmgelaufen.

Einzig Rudolf beklagte die schlechte Luft im Raum und öffnete die Terrassentüren.

Nach einer Weile standen zwei bunte Flipcharts im Raum und sowohl Irene als auch Christian standen bereit, um die Resultate zu verkünden. Neu war allerdings, dass die Gruppe jeweils im Halbkreis um die Präsentierenden saß und sich bereit zeigte, etwas hinzuzufügen oder Fragen zu beantworten. Das hatte sich nahezu automatisch ergeben. Greg freute sich daran. Der morgige Nachmittag würde im Zeichen von Feedback stehen, dafür diente diese neu entstandene Beziehungsebene allemal.

Bernhard sah ungeduldig auf die Uhr. Der Nachmittag zog sich in seiner Wahrnehmung schon. In der Pause hatte er kurz auf das Erotikportal geschaut und „seine" Sandra hatte ihm dort eine Nachricht hinterlassen. Nämlich, dass sie keineswegs heute Abend schon daheim wäre, sondern ihr Chef sie noch zu einem Termin verdonnert hätte. Also wenn er wollte…

Er wollte nicht und schrieb etwas von einer unerwarteten Abendeinheit, die überraschend auf ihn zugekommen war. Er konnte sich einfach nicht schon wieder an der Nase herumführen lassen. Er brauchte die Luft zum Atmen. Und heute Abend einfach eine Abwechslung zu gestern.

Greg fasste den Tag mithilfe der Teilnehmenden zusammen und gab einen Ausblick auf den dritten und letzten Tag. Wobei er den Vormittag kryptisch „Fallstudie" nannte und am Nachmittag „Feedbackrunden unterschiedlichster Art" ankündigte.

Auf die Frage Rudolfs, was sie sich wohl unter Fallstudie vorzustellen hätten, lächelte Greg nur und antwortete „Ihr werdet schon sehen."

Mit seinen Gedanken schweifte Greg bei diesem Satz schon zu seinem Abend mit Veronika ab. Er verließ sich darauf, dass seine Planung ausreichend sein würde und morgen Vormittag alles gut ging.

Der Abend

Rudolf seinerseits bereitete es Mühe, heute noch Irene zu seinem Opfer zu machen. So ließ er von ihr ab. In ihrem neuen Selbstbewusstsein reizte sie ihn viel weniger als vorher. Scherzend stand sie bei Andreas und Christian. Es schien, die drei hatten von dem Schauspiel wirklich profitiert. Andreas wirkte aufrechter, Christian verletzlicher und Irene wie schon gesagt selbstbewusster. Rudolf ließ seinen Blick nochmals über die anderen Frauen streifen. Er suchte für diesen Abend nur hormonellen Ausgleich, Anna-Maria ging nicht, sie würde sich gar verlieben, Christa hatte sich in den letzten Tagen als zu anspruchsvoll gezeigt, und außerdem war sie verheiratet. Irene schied aus, Veronika auch, dieses Scharmützel war ihm die heutige Liebesnacht nicht wert. Also blieb nur Bea. Sie saß ohnehin da wie ein Häufchen Elend, weil ihre harmoniesüchtigen Versuche von Greg jeweils zurückgeschmettert wurden. Wenn er es richtig anstellte, würde sie ihm heute noch aus der Hand fressen.

Rudolf schlich sich von hinten an Bea heran und legte ihr seine Hände auf die Schultern. Sofort ging Energie durch Bea, die sie aufforderte, ihre biedere Art heute über Bord zu werfen.

Rudolf massierte sie sanft und fragte mit der Wolfsstimme, die gerade Kreide gegessen hatte: „Was werden wir denn heute unternehmen?"

Bevor Bea es sich versah, hatte Rudolf sie für sich eingenommen.

Irene riskierte einen Blick in deren Richtung. Froh, jetzt nicht an Beas Stelle zu einem manipulierbaren Werkzeug geworden zu sein und stellte haargenau die gleiche Frage an die zwei jungen Männer. Christian antwortete etwas von einem Saunagang und dann Hallenbad und anschließend ein Absacker und dann ins Bett. Irene zog das Dampfbad vor und Andreas nahm die Infrarotkabine. Schließlich würden sie einander an der Bar im Schwimmbad wiederfinden. Gut so, alle drei waren sich einig.

Bernhard eilte flugs in sein Zimmer, dort wollte er gleich nachschauen, wie es mit der Verabredung heute Abend weiterging.

Gerhard und Franz hatten einander ebenfalls gefunden, sie wollten einfach auf eines oder mehrere Biere nach dem Abendessen gehen und dann fernsehen oder schlafen.

Christa telefonierte mit ihrem Sohn und berichtete ihm von dem dichten Tag. Die anderen hörten sie herzlich lachen, sie schlossen daraus, dass sie den anderen Menschen am Telefon wohl sehr gerne hat. Sie wollte noch einen Spaziergang an der frischen Luft machen, nach dem Abendessen und sich dann mit einem Buch in ihr Bett kuscheln. Sie konnte die Alleinzeit jetzt sehr gut für sich brauchen.

Anna-Maria war mehr als erschöpft. Sie merkte erst jetzt, wie nahe sie immer noch an ihr Limit ging. Sie hatte es dem Hausarzt nicht glauben wollen, dass sie sich karenzieren lassen sollte oder zumindest eine Kur beantragen. So beschloss sie, nach dem Abendessen gleich ins Zimmer zu gehen. Dabei ahnte sie noch nicht, dass sie bei Franz und Gerhard vorbeikommen und auch noch zwei kleine Bier als Absacker trinken würde. Das wäre das beste und natürlichste Schlafmittel, redeten ihr die beiden glaubhaft ein, weil Bier beruhigt und noch dazu erdet.

Bernhard loggte sich in seinem Zimmer sofort im Dating Portal ein. Die heutige Frau schien zierlich zu sein, zumindest ließ ihr Foto darauf schließen. Sandra war ja ein Weib gewesen, Rundungen an den richtigen Stellen und fast einen vulgären, tierischen Touch. Das hatte ihn nach langer Zeit wieder einmal Geilheit empfinden lassen und er hatte sich buchstäblich aufstacheln lassen. Sie erinnerte ihn an einen Löwin, wozu ihre lange blonde Mähne auch passte. An eine Löwin, die sich schnurrend an dich schmiegen kann, der du deine intimsten Geheimnisse verrätst, die dich bestärkt und dir Mut macht. Löwenmut sogar, doch von einem Moment auf den anderen zeigt sie ihre Krallen und scharfen Zähne und fällt über dich her. Darin war sehr viel Sex Appeal gewesen, doch Bernhard ahnte, dass sie ihn mit ihren vielen

Forderungen alltäglicher Natur überrollen könnte. Diese Frau hatte zwei Kinder und jetzt wo seine schon alt genug waren, sehnte er sich nicht nach Familie sondern nach Freiheit.

Deswegen sagte er Doris zu und bestellte abermals an der Rezeption Leckereien für die Nacht, bevor er sich zum Abendessen setzte. Er nahm neben Bea Platz und bemerkte eine veränderte Ausstrahlung an ihr. Sie schien aufrechter zu sitzen und redete nicht unentwegt, sondern konzentrierte sich auf ihr Essen. Bernhard konnte ja nicht ahnen, dass Rudolf dahintersteckte, mit seiner Aussage, wie gut jemand im Bett ist, erkennst du an der Art wie er oder sie isst.

Wird zu wenig Konzentration auf die Speisen gelegt, bedeutet das Zerstreutheit auch beim Sex. Wird geschlungen, bedeutet das, Details sind nicht wichtig, es geht nur um den Akt selbst. Und der könnte auch brutal und hart werden. Nestelt jemand am Essen herum, sei Vorsicht geboten, denn das seien meist Nieten im Bett, sozusagen Zögernde. Und lässt jemand die Löffeln und Gabeln sinnlich zum Mund gleiten und schleckt sie dann ab, ließ das auf ein zärtliches, sinnliches Liebesspiel hoffen.

Auch belehrte Rudolf Bea über die Art, wie die Teller zurückgelassen würden, liebevoll aufgeputzt, vielleicht sogar mit einem Stück weichen Brotes oder lieblos stehengelassen, das ließe Schlüsse auf das Verhalten gleich nach dem Sexualakt zu. Und wenn jemand unentwegt redet während des Essens, weiß er die Qualität der Nahrung nicht zu schätzen und Punkt.

Deshalb konzentrierte sich Bea derart auf ihr Essen und trachtete danach, keinesfalls zu nesteln, wie es sonst ihre Art war. Rudolf beobachtete sie schließlich, er saß auf der anderen Seite und schien sein Essen wahrhaftig zu genießen.

Von alldem ahnte Bernhard nichts, er freute sich auf den Nachtisch, Doris würde ebenfalls in die Hotelbar kommen. So hatten sie sich verabredet. Bea beobachte Bernhards Art zu essen und fand, dass er es ein bisschen zu eilig hatte, um es wirklich zu genießen. Vor allem das Dessert verschlang er gleich einer Vorspeise. Gierig fast, als ob er seinen Hunger nach etwas ganz anderem stillen wollte.

So kam es auch, dass er früher fertig war als Bea und Rudolf und sich auf den Weg in sein Zimmer machte, um zu duschen, sich frisch zu rasieren und umzuziehen. Bernhard stellte beim Blick in den Spiegel fest, dass er ganz gut aussehen konnte, wenn er nur Kleinigkeiten an sich veränderte. Die Kontaktlinsen zum Beispiel statt der strengen Brille nahm und eine knallige Farbe für sein Hemd wählte. Das Hemd, das er aus dem Kasten fischte, könnte auch Andreas gehören. Bernhard war aufgefallen, dass jener den Mut besaß, pinke, giftgrüne oder türkise Hemden zu tragen. Bernhards Hemd an diesem Abend war violett. Selbstbewusst machte er sich auf den Weg in die Bar. Ihn umwehte zart sein Rasierwasser, männlich und erotisch stand auf dessen Packung. Gestern hatte es jedenfalls funktioniert.

Doris stand bereits am Tresen und fragte sich insgeheim, ob Bernhard schon da wäre und ein falsches Foto geschickt hatte. Es standen nämlich genügend andere Männer an der Bar. Das Seminarhotel hatte scheinbar Hochbetrieb. Sie nahm einen Barhocker, der ein wenig abseits stand und bestellte sich einen Gin Tonic.

Das war ihr Lieblingsgetränk und der Alkohol half ihr, ihre natürliche Scheu zu überwinden. Sie hatte das Dating Portal entdeckt, weil sie sich in manchen Nächten schrecklich einsam fühlte. Gleichzeitig mit dem Gin Tonic roch sie sein Rasierwasser. Ja, das von Bernhard, doch leider auch das von ihrer großen Liebe, nach dessen Abschied ihr Herz fast zerbrochen wäre.

Genau dieser Duft lag jetzt in der Luft und der Mann, zu dem er gehörte, stellte sich als ihr Date, Bernhard, vor. Sie nahm zuerst einmal einen großen Schluck aus dem Glas, das vor ihr stand, dann erst gab sie ihm die Hand. Bernhard zog sie zu sich und küsste sie auf die Wange links und die Wange rechts. Sie konnte jetzt riechen, dass es wohl bei jedem Mann eine Nuance anders roch. Trotzdem brauchte sie danach noch einen Mut-Schluck.

Bernhard bestellte sich ebenfalls einen Gin Tonic und stellte fest, was er schon vermutet hatte. Doris war von zarter Statur, dunkelhaarig, mit großen braunen Augen. Fast erinnerte sie Bernhard an ein Reh. Er gab ihr innerlich einen Namen „Rehauge". Und er war schon neugierig, welche Facette die körperliche Liebe mit Doris offerieren würde. Deshalb schlug er nach den ausgetrunkenen Drinks vor, auf sein Zimmer zu wechseln.

Doris stimmte zu, Bernhard gefiel ihr und sie wollte endlich über diesen Schatten der Vergangenheit springen. Doris gefiel Bernhard auch, obwohl sie nicht seinem Beuteschema entsprach. Sie trug ein dunkelbraun-gemustertes kurzes Kleid, das herrlich zu ihren Augen und den herrlichen dunklen Locken passte. Dazu – wie er später feststellen würde – zarte halterlose Strümpfe in einem seidigen Ton. Die Krönung bestand allerdings aus ihren Schuhen. Durch ihre Kleinheit konnte sie es sich leisten, hohe Absätze zu tragen und den Männern immer noch den Eindruck zu verleihen, dass sie die Großen und Weisen wären. Die meisten Männer fühlten sich gerne überlegen. Und selbst Bernhard schmeichelte es, wenngleich er sich für einen emanzipierten Mann hielt. Jedenfalls die Schuhe waren nicht nur hochhackig, sondern ihre zierlichen Füße verschwanden in den Schuhen, die nur an Ferse und Schuhspitze aus zartem rauem Leder gehalten waren und die einen Körper aus zarter Spitze hatten, mit einem gestickten Ornament an der Außenseite. Bei genauerer Betrachtung waren diese Ornamente mit der Spitze verbunden und endeten in einem Abschluss, der Halt zu geben schien. Zarte Riemchen hielten das Gesamtkunstwerk an den Füßen.

Er war neugierig, wie sie damit wohl gehen konnte, doch sie löste das Problem geschickt, in dem sie sich kaum vom Barhocker geglitten bei ihm unterhakte. Später am Abend würde er zu hören bekommen, dass manche Schuhe nur in Gegenwart von Männern wirkten und frau diese auch brauchte, um nicht mit einem Hals- oder Beinbruch zu enden. Allerdings viel später.

Doris erinnerte Bernhard nicht nur an ein Reh, sie verhielt sich auch ähnlich scheu. Während Sandra gleich zur Sache gekommen war, legte Doris ihre bestrumpften Beine auf seine Schoß und prostete ihm mit dem trockenen Weißwein zu, den sie sich extra kommen hatte lassen, denn Rotwein war nicht ihr Ding. Dazu wählte sie ein Lachsbrötchen an Stelle des Roastbeef Brötchens, das Bernhard für sich und seine Begleitung bestellt hatte. Diese Frau wusste also genau, was sie wollte. Bernhard wurde unruhig.

Nachdem sie ein Glas Wein getrunken und ihre Brötchen gegessen hatten, stand Doris auf und verschwand mit einem verheißungsvollen Blick im Bad. Kurz darauf öffnete sie die Tür und stand in sexy Unterwäsche, ihren Strümpfen und immer noch in Schuhen da. Dieser Anblick erregte Bernhard. Doris näherte sich ihm wieder und begann, ihn langsam auszuziehen.

Zwischendurch nahm sie immer wieder einen Schluck aus dem Glas, das Bernhard während sie im Bad war, brav wieder aufgefüllt hatte. Sie spie einen Teil des Weines auf seinen Oberkörper und leckte ihn mit ihrer weichen Zunge ab. Ihre Hände schienen überall zu sein, schließlich fasste sie ihm an die Hose. Er war groß geworden, was Doris mit Wohlwollen feststellte.

„Was hältst du von einer gemeinsamen Dusche?" flüsterte sie ihm ins Ohr und Bernhard nickte.

Schnell entledigten sie sich jetzt aller Kleidungsstücke und gingen ins Bad. Vorher hatte Doris dort einen Badeschwamm in der Dusche deponiert und ein sündhaft wohlriechendes Duschbad. Granatapfel oder so etwas musste das sein. Sie nahm das Gefäß in ihre Hände ließ eine kleine Portion herausrinnen und es aufschäumen.

Was dann folgte, hob Bernhard in den siebten Himmel, ihre Hände waren zwar kindlich klein, doch die Nägel waren kurz gefeilt und in einem passenden Ton lackiert. Doch dass sie solche Zauberkräfte besaßen, hätte er nicht im Traum vermutet. Doris gefiel es, ihre neue Bekanntschaft zu verwöhnen, er würde sich sicherlich revanchieren. Schließlich hatte sie auch das dazugehörige Körperöl mitgebracht. Bernhard entspannte sich vollends und gab sich ausgiebig seinem Orgasmus hin. Danach drehte er den Duschhahn ab, nahm ein kuscheliges Handtuch und trocknete Doris zärtlich ab. Anschließend schlang er das andere Badetuch um seine Hüften und trug sie hinaus auf das Bett. Sie war leicht wie eine Feder.

Doris räkelte sich im großen Doppelbett. Zum Glück hatte Bernhard, der schon öfter selbst als Trainer in diesem Hotel gearbeitet hatte, dieses Zimmer bekommen. Wortlos nahm Doris das Körperöl zwischen ihre Füße. Alles ging so sanft und dennoch leidenschaftlich vor sich, das war eine gänzlich neue Erfahrung für Bernhard. Er verstand.

Zum Glück ist es die letzte Nacht, ich hätte nicht im öligen Bett weiter schlafen wollen, dachte er kurz. Doch dann besiegten seine Emotionen seinen Verstand und sie gaben sich einander abermals hin. Sie blieb bis zum nächsten Morgen und er fühlte sich sehr wohl dabei, neben ihr zu liegen. Wie Puder roch sie. Feines, zartes Puder.

Rudolf brauchte das an demselben Abend nicht zu tun. Bea gefiel ihm nicht wirklich, doch wenn schon ein manipulierbares Opfer, dann her mit ihr. Bea bemerkte das keineswegs. Sie fühlte sich geschmeichelt, dass dieser Bär von einem Mann von Irene jetzt auf sie geschwenkt hatte. Das konnte nur an ihren Rundungen liegen, Irene würde jedem Mann wohl zu dürr sein, dachte Bea insgeheim. Bei einem Seitenblick sah sie Irene mit Christian und Andreas, wie sie einander fast liebevoll verabschiedeten, um einander später wieder zu sehen. Da erfasste sie doch wieder das Gefühl von Neid, diese Geborgenheit war es doch, wonach sie sich sehnte. Rudolf spürte ihre Zweifel und legte ihr sofort seinen Arm um die Schulter.

„Was willst du mit aufs Zimmer nehmen, sozusagen als Erfrischung?"

Überfordert mit dieser Frage, wartete Bea auf Rudolfs Vorschlag. Jener folgte auch sogleich.

„Ich bin für einen guten Rotwein und vielleicht Grissini mit Prosciutto?"

Mit seiner tiefen Stimme lullte er Bea ein, wie oft war ihm das schon geglückt. Er schickte auf einer energetischen Ebene das Versprechen für einen sicheren Orgasmus mit und dass die jeweilige Frau wohl die einzigartigste sei, die er jemals im Bett gehabt haben würde. Dazu rutschte seine Hand meistens von der Schulter zur Hüfte der Frau und dort zog er sie dann ein Stück fester an sich. Dabei gab er seiner Stimme einen sinnlichen Hauch, fast wie ein Stöhnen.

Auch Bea verfiel dieser Masche. Der Kellner an der Bar nickte Rudolf zu und versprach, in den nächsten fünfzehn Minuten mit den gewünschten Köstlichkeiten auf einem Wagen bei ihm an die Zimmertür zu klopfen.

Jetzt ließ er Bea los und sagte fast schroff „Gut, dann haben wir noch Zeit, um uns frisch zu machen und umzuziehen."

Damit gab er ihr unmissverständlich zu verstehen, was sie jetzt zu tun hatte.

„Also dann in zwanzig Minuten bei mir im Zimmer."

Daraufhin wandte er sich ab und schritt von dannen.

Bea dachte nach, welches Gewand sie für Rudolf wohl tragen könnte, welches nicht zu bieder erschien. Sie wählte eine Bluse mit zu tiefem Ausschnitt und beschloss den Rock von der Anreise dazu zu tragen. Sie wusste zum Glück nicht, dass sie Rudolf ohnehin abschreckte und er sie an diesem Abend nur für seine Manipulationsspiele verwendete. Er wollte einfach feststellen, wie Frauen mit geringem Selbstwert auf seine frivolen Begierden antworten würden.

Bea fühlte sich unwohl in ihrer Haut, als sie an Rudolfs Tür klopfte, doch sie hatte gelernt, wer A sagt, muss auch B sagen. Rudolf öffnete ihr frisch geduscht in einem Morgenmantel. Anzunehmen, dass er darunter nackt war. Er zog Bea fest an sich und sie stellte fest, dass er verdammt gut roch. Dann ließ er sie wieder los und schickte sie ins Bad, um sich auch auszuziehen.

Einen zweiten Bademantel würde sie finden. Bea lief rot an, doch sie tat, wie ihr geheißen. Im Bad hing ein viel größerer Spiegel als in ihrem Zimmer. Flugs zog sie den Bademantel an. Sie wollte ihre überflüssigen Pfunde gar nicht anschauen. Der Bademantel war zum Glück groß genug.

Rudolf hatte schön manikürte Hände und ebensolche pedikürten Füße. Bea bemerkte den abgesplitterten Nagellack auf ihren Zehennägeln. Und ihre Hände hatten am Wochenende noch in der Erde ihres Gartens gewühlt und sie hatte sich nicht die Zeit für eine ausgiebige Handpflege gegönnt. Rudolf dimmte das Licht und zündete einige Kerzen an.

„Wirst du tun, worum ich dich bitte?"

Bea schluckte dreimal, dann antwortete sie mit einem gehauchten „Ja."

Bevor sie weiterreden konnte, warf sie Rudolf auf das Bett. Brutal fast. Danach holte er eine der Kerzen und die zwei Weingläser. Bea rappelte sich auf und nahm einen Schluck Wein. Der Bademantel sprang oben auf und legte ihren Busen frei. Rudolf schob den Mantel noch ein Stück zurück und befahl Bea, sich wieder hinzulegen. Jetzt begann sein Spiel mit dem heißen Wachs. Weil Rudolf ein Verführungskünstler war, ging er immer bis an die Schmerzgrenze. Er provozierte Bea, dass sie endlich aufbegehrte, endlich nicht mehr die Brave sein wollte. Doch das dauerte verdammt lange, also machte Rudolf weiter. Diese Nacht würde Bea verändern, mehr als der Seminarinhalt. Irgendwann riss ihr Rudolf den Mantel vom Leib und fiel über sie her, er kümmerte sich dabei nur um sich. Rudolf roch gut und stöhnte laut. Bea wunderte sich nur kurz, dass seine Brutalität sie erregte. Dann gab sie sich diesem Mann hin und wand sich unter ihm, bis sie lautstark kam. Er wälzte sich neben sie und atmete schwer aus.

Danach sagte er knapp „Bitte verschwinde jetzt in dein Zimmer. Ich will jetzt alleine sein!"

Genau in diesem Wortlaut. Er hatte sie herausgefordert, an ihre Grenzen zu gehen, doch jetzt musste sie alleine damit fertig werden. Für eine Seelenmassage stand er nicht zur Verfügung. Am nächsten Tag würde er sie keines Blickes würdigen. Sie sollte lernen, für sich selbst Verantwortung zu übernehmen und für alle ihre Handlungen. Das Feedback unter vier Augen, das Greg sicher vorgesehen hatte, würde er daraufhin nur allzu gerne geben. Und es würde sie wieder schockieren. Bea war eine dieser Frauen, die anscheinend lange brauchten, um einen gesunden Egoismus zu entwickeln. Oder sie genoss die Opferrolle. Egal.

Irene, Christian und Andreas schliefen längst, sie würden morgen die Fallstudie am meisten genießen können. Irene fühlte sich sehr wohl in ihrer Haut. Sie hatte gemeinsam mit Andreas an der Bar auf Christian eingeredet, dass er sich nicht immer in Rollen zwängen sollte, sondern seiner Seele und seinem Herzen mehr Luft geben, denn nur so könne der Adler fliegen. Sonst fehlte ihm der Atem. Andreas erzählte seine Geschichte und Irene kurz darauf ihren Leidensweg. Christian hörte aufmerksam zu und trank mehr Bier als sonst. Irgendwann kam ihm die Szene wie im Traum vor und begann, von seiner großen Liebe zu berichten, die er wohl mit seinem Perfektionismus vergrault hatte, was ihm jetzt erst dämmerte. Christian hatte Tränen in den Augen und Irene umarmte ihn leicht. Er fühlte sich gut an und weich.

„Christian, du hast auch eine weiche, sanfte Seite. Lass sie bitte zu, dann bist du ganz."

Christian konnte die Berührung Irenes zulassen, das überraschte ihn. Andreas legte den Arm um die beiden und stimmte zu.

„Ja, ich weiß, wie es sich anfühlt, wenn man die Seele einsperrt. Und es braucht viel Mut, um sie fliegen zu lassen, wohin sie gerne möchte. Glaubt mir, es lohnt sich!"

Christian nickte nur, schließlich fügte er hinzu „Scheiß Erziehung! Dass die so lange anhält. Jetzt darf alles anders werden! Ich erlaube mir das und euch natürlich auch!"

Alle drei brachen in liebevolles Gelächter aus. Kurz darauf verabschiedeten sie sich voneinander und kuschelten sich in ihre Betten, um die Botschaften im Traum zu verarbeiten. Das war die beste Methode dafür.

Greg und Veronika

Veronika fand sich nach dem Abendessen unschlüssig in ihrem Zimmer wieder. Sie ahnte, dass Greg nach der kommenden Nacht nie wieder etwas von sich hören lassen würde. Auf der anderen Seite wusste sie ebenfalls, dass die Gespräche mit ihm und auch seine Leidenschaft ein Geschenk an sie sein sollte. Ebenso wie Veronika sich ihm schenkte. Es läutete das Zimmertelefon. Greg war am Apparat.

„Soll ich heute zu dir kommen? Dann schnappe ich den Servierwagen und brause los!"

Er klang fröhlich und zuversichtlich. Diese Energie steckte Veronika an, doch sie antwortete nicht sofort.

„Veronika, hab ich dich damit erschreckt. Ich dachte, wegen der Emanzipation und damit du nicht in der Nacht über den Gang laufen musst."

„Ja bitte, das ist eine sehr gute Idee, doch bitte gib mir noch eine halbe Stunde."

Veronika wollte schauen, wie er reagierte und ob sie sich eh nicht zum Affen machte.

„Klar, ruf einfach an, wenn du soweit bist. Ich freu mich!"

Veronika freute sich auch. Greg verkörperte alles, was sie sich an einem Mann wünschte. Er sah gut aus, war gepflegt und gebildet. Er roch gut und war fähig, sich tiefsinnig zu unterhalten. Seine Hände waren feingliedrig und dennoch kräftig, seine Zähne gesund, sein Teint gut natürlich gebräunt. Und die grauen Schläfen gefielen ihr ohnehin, auch wenn sie sich noch zu jung für eine Partnerschaft mit einem Mann seines Alters fühlte. Doch das würde sowieso nicht eintreffen. Greg hatte schon im Seminar gesagt, dass er weiterreisen würde, sobald die Veranstaltung vorbei sei. Deswegen freute sie sich umso mehr, dass sie einander einen Teil dieser Nacht schenkten.

Sie duschte, rubbelte ihre kurzen Haare zurecht und zog sich das kürzlich gekaufte champagnerfarbene Negligé mit dazugehörigem langen Mantel an. Danach schaltete sie ihren Laptop ein und stellte ihn auf jazzige Musik ein. Es gab da ein Radiosender, der ohne unterbrechendes Gequatsche gute Musik brachte. Jetzt war sie bereit und rief Greg an.

„Ich bin so weit."

„Ja, dann mache ich mich auf den Weg. Bis gleich!"

Es kam beiden so vor, als ob einander schon lange kannten und gar nicht mehr viele Worte brauchten, um einander zu verstehen. Dabei gab es doch so viele offene Fragen, die sie einander stellen wollten. Doch es kam anders.

Als Greg Veronika in ihrem Nachtgewande sah, verschlug es selbst ihm fast die Sprache. Veronika wirkte so natürlich und echt. Da war kein taktisches Spiel, keine verführerische Geste. Deswegen konnte Greg nicht anders, als sie gleich zu umarmen. Sie rochen aneinander und was sie rochen, gefiel ihnen gut. Greg holte das Wagen herein und zog sich das Sakko aus. Er fragte Veronika, ob es sie wohl störte, wenn er sich den Bademantel aus dem Hotel ausborgte und ihre Augen zwinkerten ihm zu.

„Ganz im Gegenteil!"

Also saßen sie da auf dem Sofa, das am Ende des Bettes stand. Veronika im Negligé und Greg in seiner dunkelblauen Boxer Short, den Frotteemantel übergeworfen. Er schenkte den Wein ein und gratulierte Veronika zu ihrem Musikgeschmack. Er legte den Arm um sie und sie lauschten einfach nur der herrlichen Musik und tranken den kühlen Weißwein. Die Spezereien rührten sie noch nicht an. Die hoben sie sich für einen späteren Zeitpunkt auf. Beide genossen die Wärme des jeweils anderen.

Irgendwann schob Greg seine Hand unter Veronikas Mantel und sie tat es ihm gleich. Greg streifte ihr den Mantel ab und Veronika fand nichts dabei, ihm jetzt im Negligé zu begegnen. Ihm wurde auch heiß unter dem dicken Frotteemantel, so entledigte er sich dessen. So konnten sie abermals die Haut des anderen spüren und riechen. Greg reichte Veronika die Hand und zog sie zum Tanzen hoch. Cheek to cheek wogten sie zu der Musik des Saxophones und der samtigen Stimme des Sängers. Immer näher zum Bett hin, und gleich einer Filmszene bettete Greg Veronika zu einem Pianoakkord punktgenau neben sich. In dem folgenden Kuss fand alles statt, was zwischen zwei Menschen stattfinden kann. So viel Intimität und Vertrauen und Mut. Sie ließen sich aufeinander ein und die Musik begleitete ihre Bewegungen. Es schien zauberhaft und wunderbar, es herrschte eine erotische Atmosphäre in diesem schlichten Hotelzimmer und beide freuten sich aneinander. Außergewöhnlich war vielmehr die Einfachheit mit der sie sich liebten. Keine Turnübungen, keine Spielereien, einfach ganz natürlicher Sex. Das tat beiden unbeschreiblich gut, alle Erwartungen links liegen zu lassen und sich dem anderen hinzugeben, wie wenn sie in einen Fluss des Lebens stiegen, ohne schwimmen zu können. Es war für beide ganz sicher und fein, herzerwärmend und seelenerfrischend.

Nach geraumer Zeit lagen sie nebeneinander und Veronika sagte „Ich hab Durst."

Worauf Greg antwortete „Ich auch und sogar etwas Appetit."

Er sprang auf und holte den Wagen mit den Spezereien ans Bett. Er richtete Veronika ein Glas gekühlten Wein und ein Gebäckstück mit Lachs her. Nachdem sie einen Schluck genommen hatte, schob er ihr das Stück in den Mund. Sie fand Gefallen daran und tat es ihm gleich. Sie waren sich so einig, dass es fast unheimlich schien. Schließlich legten sie sich wieder hin. Ganz nahe aneinander und Greg fing zu reden an.

„Veronika, du bist eine besondere Frau mit vielen Begabungen. Bitte lebe die aus und lass dich von Fehlschlägen, die dir begegnen werden, bloß nicht entmutigen! Ich wünschte, ich könnte länger bei dir bleiben, doch anhaltendes Glück ist mir seit jeher verwehrt."

Seine Stimme klang gegen Ende des Satzes immer leiser und es war Veronika, als ob er es tatsächlich ernst meinte. Jetzt wollte sie auch ihre Botschaft an ihn loswerden.

„Greg, ich habe noch nie einen Mann wie dich getroffen. Einen, der spürbar ist ohne Worte und bei dem ich mich so wohlfühle, obwohl ich weiß, dass es keine Zukunft gibt. Lass diese Seite bitte immer wieder zu und beschenke Menschen damit."

Sie mussten beide lachen, denn im Grunde hatten sie einander das Gleiche gesagt. Greg küsste Veronika auf die Stirn und stand langsam und sachte auf. Er trug den Bademantel ins Bad zurück, zog sich bedächtig wieder an und schob den Wagen wieder auf den Gang. Anschließend ging er noch einmal zu Veronika und dankte er für diesen besonderen Abend. Er strich ihr sanft über den Kopf und flüsterte ein „Schlaf gut!"

Dann drehte er die Lichter ab und schaltete den Laptop aus. Als er die Zimmertüre vorsichtig hinter sich schloss, war Veronika schon eingeschlafen.

Greg ließ den Wagen nahe dem Aufzug einfach stehen und ging beschwingt in sein Zimmer zurück. Er war aus sich mehr herausgegangen als bisher, er deutete das als gutes Zeichen.

Die Fallstudie

Es erwachte der nächste Morgen. Bernhard musste früher aufstehen als Doris und tat das auch, diesmal hinterließ er ihr eine Notiz: „Danke für den wunderbaren Abend! Du bist eine wirklich besondere Frau!" Und er begann damit, sein bisher gleichförmiges Beuteschema zu überdenken.

Irene war zeitig wach und packte schon einmal ihre Sachen zusammen. Das tat sie immer, sie hasste es, überstürzt aufzubrechen.

Andreas hatte wohlig geschlafen und morgendlich mit seinem Partner telefoniert. Ihm ging es sehr gut.

Christian hatte versucht, seine Freundin anzurufen, doch er erreichte sie nicht. Anstatt, wie früher, zu zweifeln, schrieb er eine Kurznachricht – Gute Veranstaltung, möchte dir gern davon erzählen – wann hast du denn Zeit? Und ließ das „für mich" extra weg. Das war neu, dass er sich nicht ständig für das Zentrum der Welt hielt und andere fragte, anstatt über sie schlichtweg zu bestimmen. Es überkam Christian ein zärtliches Gefühl, wenn er an sie dachte. Auch das fühlte sich ungewohnt an, dass er sie nicht perfekt wollte, sondern so wie sie eben war. Schließlich verstand er einiges, was sie so oft erbeten hatte. Ein ganz normales Leben, fröhlich und einfach. Der Abend gestern mit Andreas und Irene hatte ihm sehr gut getan. Hoffentlich war es noch nicht zu spät, seine Beziehung zu retten. Dabei klopfte sein Herz wie wild.

Christa wurde vom Klingelton, den sie nur für ihren Sohn reserviert hatte, geweckt und sie erschrak kurz. Doch seine Stimme klang fröhlich, er hatte schlicht den Zeitunterschied vergessen, der zwischen Amerika und Österreich herrschte.

„Mum", setzte er an. „Oh sorry, I woke you up? "

Anschließend verfiel er wieder in seine Muttersprache und berichtete die neuesten Details seiner Studienreise.

Bea wachte nach einer unruhigen Nacht nur durch das durchdringende Geräusch ihres Handyweckers auf. Gerne hätte sie sich an diesem Morgen verkrochen, um Rudolf nie wieder begegnen zu müssen. Doch ihr altbekanntes Pflichtbewusstsein ließ sie dennoch aufstehen und sich waschen.

Franz wachte auf und fühlte, dass in ihm drinnen eine Veränderung vor sich ging. Die fühlte sich gut an und stärkend.

Anna-Maria hatte tief geschlafen und märchenhaft geträumt. Auch sie erwachte mit einem Lächeln im Gesicht, gespannt was an diesem Tag sich noch ereignen würde.

Gerhard hatte am Abend zuvor beschlossen, die Hausaufgabe nach einigen Bieren zu machen und war dann einfach eingeschlafen. Mit Brummschädel wachte er auf und stellte sich jetzt die Frage, wer er eigentlich war.

Rudolf ging als erster zum Fenster und stieß die Flügel auf. Er atmete tief durch und blies sich Luft in seine Lungen. So gefiel ihm der Morgen, der Tau legte sich über die Wiesen und in Rudolfs Vorstellung weinte der Himmel.

Veronika rieb sich die Augen. Ja, es war wirklich wahr geworden. Greg und sie hatten einander geliebt. Ihr Negligé lag über dem Sessel, doch sie erlebte selten so eine Wärme an einem Morgen. Innerlich und äußerlich.

Greg duschte sehr heiß und fühlte die Zeit des Abschieds nahe kommen. Er war unschlüssig, ob die Trainertätigkeit für ihn wohl Zukunft haben würde, oder ob er seine Fähigkeiten lieber anderswo einsetzen wollte.

Dieser Tag stand unter dem Zeichen, sich selbst hinaus aus der Komfortzone zu wagen, indem alle einem anderen Menschen Feedback gaben. Nämlich jenes Feedback, das sie oder ihn um einen Schritt weiterbrachte. Positiv steuernd, nannte es Greg. Dem ging eine genaue Wahrnehmung und Beobachtung voraus, die in einer Beschreibung des Verhaltens gipfelte. Darüber hinaus werden auch Hypothesen, die im eigenen Kopf entstehen, zur Verfügung gestellt.

Beim Frühstück war die Spannung spürbar, was jetzt wohl als nächstes kommen sollte. Greg hatte in dieser Nacht traumlos geschlafen und fragte sich jetzt selbst, wie er wohl den Vormittag gestalten würde. Prozessorientiert hieß das in der Fachsprache, doch so knapp vor dem Tagesstart schien es selbst Greg eng und er hoffte auf eine Idee.

Bernhard setzte sich neben ihn. Strahlend berichtete er davon, wie toll die Betten in dem Hotel wären und dass er selten so gut geschlafen hätte.

Dass das gelogen war, spürte Greg, dennoch erwiderte er „Ja, deswegen ist dieses Hotel für Seminare auch so beliebt."

Beide grinsten. In dem Augenblick realisierte Greg, dass alle Teilnehmenden wohl ein Geheimnis mit sich herumtrugen. Und wahrscheinlich auch eine Sache, an die sie oder er sich noch nicht herantraute. Das würde die Fallstudie bilden. Die Teilnehmenden sollten auf ein A4 Blatt ihr Thema schreiben und dazu einen Wert der Lösungswichtigkeit auf einer Skala von 1 bis 10. Und zwar wahrheitsgemäß, weil davon der weitere Verlauf des Tages abhing. Greg stand abrupt auf und bedankte sich bei Bernhard. Der wusste zwar nicht wofür, doch allein das „Danke" fühlte sich sehr gut an.

Greg eilte in den Seminarraum und baute um. Er stellte jeweils zwei Sessel einander gegenüber, bei einer Zweier-Gruppe würde er sich selbst dazu gesellen, vorzugsweise in welcher Veronika gelandet war. Am liebsten wäre es ihm, wenn sie einen Fall von ihr bearbeiten würden, dann könnte er ihr einen Teil zurückgeben. Für das, was sie ihm heute Nacht alles geschenkt hatte. Menschliches Verhalten schalt er sich selbst. Doch so war es eben. Er fühlte sogar ein leichtes Ziehen im Herzen, das war gänzlich neu für ihn und leichte Wehmut erfasste ihn.

In diesem Fall war es ein Glück, dass ausgerechnet Rudolf durch die Türe kam und Greg sein energetisches, Schutzschild wieder hochfuhr. Rudolf funkelte ihn an und kam ganz dicht an ihn heran.

„Na, Greg, ich war doch ganz brav hier", zischte Rudolf.

„Du hast jetzt bei mir was gut, komm ja nicht in meine Gruppe, bei dem was du jetzt wohl vorhast, diese beiden gehören mir!"

Greg erschauderte bei dem Gedanken, doch er nickte. Alle konnten bei keinem Seminar zufriedengestellt werden. Manche brauchten die Peitsche. Das wusste er nicht aus Erfahrung, sondern aus der Trainerliteratur.

Rudolf verstand sich darauf, magnetisch diese beiden anzuziehen, sie würden sich ganz selbstverständlich zu ihm setzen und die Manipulation nicht bemerken. Erst im Nachhinein würden sie vielleicht feststellen, dass sie die Welt durch eine dunkle Brille anschauten. Und wie sie sich viel schneller Feinde dadurch machten als Freunde. Denn Freunde schwächten einen in Rudolfs Diktion. Man müsse immer nur Rücksicht nehmen, und es wäre mit Freunden unmöglich, den eigenen Weg zu gehen. Besser wohlbekannte Feinde als Freunde.

Tatsächlich beobachte Greg folgendes Treiben, als die Teilnehmenden herein kamen: Bernhard machte gleich Rudolf eine Dreiersesselgruppe auf, Andreas ebenso wie Veronika. Christa ging schnurstracks auf Veronika zu, Anna Maria und Franz setzten sich zu Bernhard. Gerhard steuerte Rudolf an. Bea stand fragend im Raum, dann begann Rudolfs Magnet zu wirken und sie konnte nichts dagegen tun und setzte sich zu den beiden Männern. Als nächste kamen Irene und Christian in den Raum. Für beide schien es keine Frage zu sein, ihr gestriges Gespräch auch im Rahmen des Seminares fortführen zu wollen. Sie nahmen bei Andreas Platz. So blieb tatsächlich ein Sessel bei Veronika und Christa frei.

Greg begann mit der Anleitung der Übung, ein Anliegen auf ein A4 Blatt zu schreiben, das sich in den letzten Tagen herauskristallisiert hatte und es mit einer Wichtigkeit zu bewerten. 1 für gar nicht wichtig, 10 für unbedingt heute zu lösen. Er schlug einen kleinen Gong, den er aus seiner Tasche zauberte und gab ihnen zwanzig Minuten. Sie könnten auch rausgehen oder sich wo zurückziehen, doch in zwanzig Minuten wollte er weitermachen.

Rudolf war im Seminarraum geblieben, er schrieb mit wenigen Worten sein Anliegen auf und reihte es als sofort zu behandeln. Damit wollte er sich in die Rolle des Hilfesuchenden begeben, was die größte Macht von allen sein würde. Bea und Gerhard würden sich bemüßigt fühlen, ihm zu helfen und nicht bemerken, wie sie dadurch zu willfährigen Opfern seiner Manipulation wurden.

Er schrieb folgende Worte auf: „Wenn ich allzu ehrlich bin, irritiere ich meine Umgebung, ist es besser für mich zu lügen und zu betrügen? Kann ich dann leichter leben?"

Bea schrieb auf ihr Blatt mit der Wichtigkeit sechs, was eine Paradoxon darstellte: „Ich möchte lernen, mich nicht anzubiedern oder immer klein beigeben, sobald eine dominantere Persönlichkeit in meine Nähe kommt."

Gerhard verstand den Sinn dieser Übung nicht so recht und notierte nur: „Meinen Gefühlen öfter Ausdruck verleihen mit einer Wichtigkeit von vier." Also kaum.

Anna Maria hielt fest: „Dass sie Funktion und Person in Zukunft besser trennen wollte. Wichtigkeit sieben."

Franz wiederum schrieb auf: „Ein noch besserer Partner für Rose und ein guter Vater für Jonathan zu sein. Mit Selbstbewusstsein. Wichtigkeit acht."

Und Bernhard ließ es sich schreiben: „Dass er lernen konnte, dass Langsamkeit auch ihre Qualität hatte. Wichtigkeit sieben." Das machte er manchmal, wenn er Gefahr lief, den Verstand über seine Intuition zu stellen. Dann ließ er sich darauf ein, welche Buchstaben auf sein Blatt wollten und auch diesmal staunte er wieder darüber.

Veronika dachte lange nach, sie zäumte das Pferd von hinten auf und hielt schließlich verstandesgepolt auf dem Papier fest: „Dass sie sich in Hinkunft mehr auf ihre Intuition verlassen wolle. Wichtigkeit neun."

Christa war hingegen schnell entschlossen und schrieb gleich los: „Ich möchte lernen, wie ich mich abgrenzen kann und das so kommunizieren, dass es verstanden wird. Ohne kühl oder gefühllos zu wirken."

Christian erkannte den Veränderungsbedarf, der ihm bevorstand, er notierte: „Perfektion schafft Distanz, nahbarer zu werden, und wie genau mache ich das, ohne mich auszuliefern? Wichtigkeit neun."

Irene wiederum fühlte sich so wohl, wie schon lange nicht mehr. Rudolf hatte sie, ohne es zu wollen, auf ihre wahre Umlaufbahn zurück geschubst. Sie schrieb auf: „Auf mich schauen, mir Gutes angedeihen lassen, großzügig mit den anderen sein. Unterschiede als Lernfelder annehmen. Wie fange ich damit an? Wichtigkeit sieben."

Und schon ertönte der Gong. Greg hatte während die anderen arbeiteten, sich die Ouvertüre von Mozarts Zauberflöte in seinen Kopfhörern angehört. Diese Art von Musik verschaffte ihm Erdung und Zuversicht. Und die konnte er für den dritten Tag sehr gut brauchen.

Um auszuhalten, dass Rudolf sich die Manipulierbaren unter den Nagel riss, um zu ertragen, dass er sich von Veronika verabschieden musste und einen weiteren Tag in einem Seminarhotel zu leben, was bedeutete, seine Höhle zu vermissen. Die Höhle, in der er sich mit seinen Vorfahren verband und in der es immer heiß war, weil er es liebte, nackt umher zu gehen. Da gab es eine Fußbodenheizung und einen schönen, offenen Kamin und seinen geliebten Lehnsessel. Er bekam Sehnsucht danach, alleine zu sein und nicht im Scheinwerferlicht der Teilnehmenden zu stehen. Ganz ehrlich bekannte er sich dazu, dass er wohl doch nicht der Weltenretter war, für den er sich gehalten hatte. Er wollte schon einzelnen Menschen helfen, doch diese Gruppendynamik war wohl nichts für ihn. Die überließ er lieber Bernhard, der schien ganz aufzugehen in dieser Aufgabe.

„Vielleicht frag ich ihn sogar, ob er dieses Format weiterführen möchte?" ging es Greg durch den Kopf.

Die Teilnehmenden waren allesamt pünktlich und setzten sich wieder in ihre Gruppen. Greg dankte ihnen für ihre Zeitdisziplin und erläuterte die weitere Vorgangsweise.

Zu allererst würden die Anliegen in der Kleingruppe verlesen werden. Danach gelte es mit dem Wichtigsten anzufangen. Dafür sollte eine ganze Stunde verwendet werden. Dann würde sich die Kaffeepause anbieten. Anschließend das zweitwichtigste Anliegen, dem fünfundvierzig Minuten gewidmet waren. Dann eine Getränke- und Pinkelpause und dann das drittwichtigste Anliegen, für das eine halbe Stunde zur Verfügung stand. In weiterer Folge würden sie eine Reflexionsrunde abhalten, in der es um die gewonnenen Erkenntnisse ging.

Er selbst würde sich zu der Zweiergruppe gesellen. Bernhard und Rudolf trieb das Schmunzeln auf ihre Gesichter. Über die Art und Weise, wie dieses Coaching vor sich gehen sollte, verlor Greg auch ein paar Sätze, die er als Gedächtnisnotiz auch auf Flipchart Blätter geschrieben hatte. Schon vor dem Seminar, als er begonnen hatte, sich in die Menschenarbeit zu vertiefen. Der Coaching Gedanke gefiel ihm gut, jemanden auf dem Weg zur individuellen Lösung zu begleiten. Das war ganz in seinem Sinne und er sprach auch an, was diese Haltung für die Körperhaltung bedeutete. Nicht nach vorne gebeugt, sondern möglichst aufrecht und geerdet. Er machte es ihnen vor. Damit die Intuition gehört werden konnte und man nicht im energetischen Feld des anderen gefangen war, wo entweder Mitleid. aber auch Wut und Aggression sein konnten. Und war man einmal auf der Ebene des Klienten könne man nicht mehr neutral agieren. Empathie sei auch in einer aufrechten Haltung möglich und die mache es leichter, die Hypothesen zu bilden und Fragen zu stellen.

Greg bekam rote Ohren, so vertieft war er in dieses Thema. Doch da bemerkte er, dass es wohl für die meisten zu viel geworden war, was er ihnen anbot. So fügte er noch hinzu, dass einer oder eine in der Kleingruppe auf die Zeit achten müsse und bat die Teilnehmenden das gleich als Schritt zwei auszumachen.

Anschließend setzte er sich auf den leeren Sessel inmitten von Christa und Veronika. Christa war die Ungeduldigere von beiden und fing gleich an, ihr Anliegen zu verlesen. Veronika machte der Geruch des Mannes, dem sie denkbar nahe gekommen war, aufgeregt und nervös. Mit zittriger Stimme las auch sie ihr Anliegen vor. Greg folgte ihren Worten und war stolz auf sie, dass sie eine hohe Wichtigkeit gewählt hatte. Zwar deswegen, dass sie jetzt viel Zeit hatten, ihr Anliegen zu bearbeiten und Christa auch auf ihre Rechnung kommen würde. Er meldete sich sofort als Zeitwächter und Zusammenfasser, schließlich wollte er Veronika beschenken, zumindest auf diese Weise. Christa schaute ihn bei diesen Worten fragend an, sie glaubte, irgendetwas überhört zu haben, doch Greg zwinkerte ihr zu und sie verstand, dass sie wohl einer privilegierten Gruppe angehörten und sie lächelte Greg an.

„Bitte Veronika, schreib dein Anliegen auf ein A3 Blatt mit einem dicken Stift bitte."

Die Materialen lagen auf dem Tisch.

Und Veronika schrieb „dass sie sich in Hinkunft mehr auf ihre Intuition verlassen wollte."

Christa platzte heraus: „Mehr als was? Wie machst du das bisher?"

Veronika zog Farbe auf. Und erzählte, wie es ihr meistens erging. Sie wollte auf die Intuition warten, doch dann kam ihr regelmäßig der Rechner in ihrem Hirn dazwischen, der ihr sagte, es sei einer Frau Diplomingenieur nicht würdig, auf ihren Bauch zu hören. Und weil sie es mehrheitlich mit Männern zu tun hatte, wollte sie schon gar nicht von Intuition sprechen. Christa nickte zustimmend.

Greg fragte die nächste Frage: „Also, liebe Veronika. Wovon gehst du aus? Zwischen eins und zehn, wie oft wartest du?"

Veronika antwortete kleinlaut „Drei Mal."

„Und wo willst du hinkommen?"

„Auf sechs Mal."

„Das heißt, doppelt so viel, das ist ambitioniert."

Veronika blitzte Greg an, Ambition war schließlich ihr zweiter Vorname.

„Kannst du uns ein Beispiel geben?"

Christa hatte den Dialog aufmerksam verfolgt und mischte wieder mit.

Veronika erzählte eine beispielhafte Situation aus ihrem Alltag. Sie überschlug sich fast, so schnell redete sie.

„Gut, jetzt haben wir verstanden, doch bitte berichte noch einmal von diesem Fall, nur langsamer, denn Christa und ich wollen Lernpotentiale heraushören und dir rückmelden. Falls dir das recht ist. Und wir werden deine Körpersprache aufzeichnen mit deinem Mobiltelefon."

Christa war höchst erfreut, wenn sie daran dachte, die Nächste zu sein. Zum Glück hatte sie sich für Veronika entschieden. Veronika fing wieder an zu reden und Greg deutete ihr mit den Händen, langsamer zu werden. Christa filmte mit. Beim Analysieren des Videos stoppte Greg nahezu bei jedem Wort. Er thematisierte die Haltung Veronikas, im Innen und im Außen.

„Du stehst da wie ein Schulmädchen, das die Hausaufgabe nicht gemacht hat. Kein Wunder, dass du nicht ernst genommen wirst."

„Was geht in dir vor, wenn du etwas Intuitives sagen willst?" fragte er gleich, als er sah, dass Veronika nicht viel mit dieser Feststellung anfangen konnte.

„Du hast wohl recht mit deiner Wahrnehmung, Greg" antwortete Veronika, „ich fühle mich dann immer unterlegen. Und so, als ob es mir nicht zustünde, etwas zu sagen."

Christa blieb der Mund vor Staunen offen, weil die beiden so vertraut miteinander umgingen.

„Stell dich hüftbreit auf beide Beine und stell dir vor, dass dir Wurzeln in die Erde wachsen. Jetzt visualisiere ein Band von Licht entlang deiner Wirbelsäule und lass es beim Kopf hinauf in den Himmel ranken."

Christa wunderte sich noch mehr, als Veronika das tat, was Greg ihr riet und plötzlich es im Raum dort heller wurde, wo Veronika stand. Christa ribbelte sich die Augen und verschmierte damit ihr Makeup, doch das Leuchten blieb.

„Und jetzt du, Christa. Das kann frau bald wo brauchen."

Christa fühlte sich zunächst unwohl, so hüftbreit zu stehen, gehörte sie doch zu einer Generation, die das nur Männern erlaubte. Doch spätestens als sie die Wurzeln zu spüren begann, vergaß sie ihre Bedenken. Die zweite Gruppe im Seminarraum bemerkte nur, dass die Gruppe mit Greg wohl ganzkörperlich arbeitete, den Lichtschein führten sie auf die Spiegelung der Fenster zurück. Und sie beschlossen, auch die Körpersprache einzubauen. Währenddessen standen Veronika und Christa verwurzelt und mit dem Himmel verbunden ganz fest auf ihrem Platz.

„Wenn ihr diese Erfahrung verinnerlicht habt, setzt euch bitte wieder hin. Übrigens geht diese Verbindung auch im Sitzen und kann nach gewisser Übung jederzeit hergestellt werden. Jetzt wollen wir die Wortwahl besprechen."

Als sie wieder saßen, hob Greg zum nächsten Vortrag an.

„Sprecht nur nicht von Intuition, wenn ihr mit Ahnungslosen oder Unwissenden zu tun habt. Sagt lieber „Hypothese", oder „angenommen, es wäre so„, oder gar „seid ihr bereit für ein Gedankenexperiment?" Damit erspart ihr euch schiefe Blicke und Vorurteile. Und es geht ja schließlich um keinen Wahrheitsbeweis, sondern um die Erlaubnis zum Querdenken und sein Bauchgefühl zuzulassen. Doch thematisiert das nur unter Eingeweihten und Gleichgesinnten, bitte."

Veronika und Christa nickten eifrig. Daraufhin griffen alle drei nach den Wassergläsern am Tisch.

Greg fragte sich, ob er nicht doch zu bestimmend gewesen war, doch als Veronika sagte, „ich komme gleich wieder und dann spielen wir diese Szene noch einmal durch", fühlte er, dass seine Intervention sinnvoll gewesen war und das ließ ihn eine echte Wärme spüren.

Gesagt, getan. Veronika verfügte sowohl über eine andere Ausstrahlung und ihre Worte kamen selbstbewusst über ihre Lippen. Greg stellte fest, dass ihm der Abschied von Veronika besonders schwer fallen würde, doch sie hatte sich einen echten Partner verdient. Vielleicht schaffte er es, etwas in ihre Ätherschicht zu programmieren, das den Richtigen anzog. Oder war es besser, in den Astralleib? Er runzelte die Stirn. Veronika bezog das auf sich.

„Noch immer nicht gut genug?" Christa fiel ihr ins Wort. „Erstklassig, meine Liebe. Ich glaube, Greg ist schon wieder drei Schritte weiter."

Greg lächelte beiden zu und nickte.

„Ja, das hast du wahrlich gut gemacht. Jetzt werden sie dir alle aufmerksam zuhören, wenn du etwas Intuitives sagst."

Nun war es an Veronika zu bedauern, dass Greg wohl heute aus ihrem Leben verschwinden würde. Zum Glück zog Christa ihr Mobiltelefon heraus und schlug vor, draußen ein Selfie von ihnen zu machen, bevor ihr Fall an die Reihe kam. Frierend gingen sie von draußen direkt zum Teeautomaten, bevor sie wieder in den Arbeitskontext zurückkehrten. Jetzt musste Christa ihr Anliegen noch einmal formulieren.

„Ich möchte lernen, wie ich mich abgrenzen kann und das so kommunizieren, dass es verstanden wird. Ohne kühl oder gefühllos zu wirken. Wichtigkeit acht."

Schrieb sie in großen Druckbuchstaben auf das A3Blatt. Veronika fing gleich an, zu denken, das war ihr an der Nasenspitze anzusehen. Greg startete wieder mit einer Körperübung. Er ordnete an, dass Christa sich bitte ans andere Ende des Raumes stellen sollte und zwar mit dem Gesicht zur Wand. Veronika wies er an, ganz langsam loszugehen und er stand mittlerweile bei Christa und instruierte sie dreimal „Halt" zu rufen. Nämlich immer dann, wenn sie eine Grenze überschritten fühlte. Veronika ging ganz langsam, doch Christa spürte keine Grenze. So stand Veronika plötzlich dicht hinter ihr, erst dann kam ein zögerliches „Halt."

Greg und Veronika schmunzelten und Greg bat nun Christa zu gehen und er selbst stellte sich mit dem Gesicht zur Wand. Greg sagte sicherlich fünfmal „Halt."

Anschließend kam Veronika dran. Sie brachte es zumindest auf zweimal „Halt" sagen. Greg fragte Christa, welchen Schluss sie wohl daraus ziehen konnte. Und Christa lief wie Veronika vorhin rot an.

Dann murmelte sie „Ich ermutige die Menschen wohl, mir zu nahe zu kommen."

Greg nickte, ohne etwas zu sagen und nahm sie in den Arm. Christa schnappte nach Luft.

„Aha, also es gibt doch eine Grenze!"

Greg schmunzelte.

„Da werden wir anfangen zu arbeiten. Sag mir nur bitte, ob es einen Unterschied macht zwischen Männern und Frauen."

Christa schüttelte den Kopf.

„Nur manche lasse ich gar nicht in meine Nähe."

Und sie wollte schon mit dem Sohn aus der vorigen Ehe ihres Mannes loslegen, als Greg sie bat, nur auf ihr Inneres zu hören. Dazu sollte sie die Augen schließen und sich vorstellen, dass ihr Bewusstsein gleich einem Stein in einen See fallen und bis ganz tief unten am Grunde liegenbleiben würde. Christa fiel eine leichte Trance.

„Dein Unterbewusstsein kennt diese Grenzen, vertrau darauf."

Gregs Stimme klang leise und fast hypnotisierend. Er bat wiederum Veronika, langsam loszugehen. Christa sagte nach ein paar Zentimetern ein leises „Halt". Greg übersetzte das körpersprachlich, indem er seinen rechten Arm hob und die rechte Handfläche gleich einem Stoppschild Richtung Veronika hielt. Nach einem Meter spielte sich das gleiche ab. Und schließlich noch einmal, als Veronika eine Armlänge von Christa entfernt zum Stehen kam. Dann bat er Christa, sich umzudrehen. Das tat er in einem lauteren, bestimmten Tonfall. Christa staunte.

„Und nur, wen du definitiv einlädst, darf dir näher kommen."

Er bat Veronika die vorigen Positionen noch einmal einzunehmen.

„Das ist der öffentliche Raum, in dem du dich bewegst. Also so viel Abstand, wenn du es brauchst."

Christa staunte noch mehr.

Bei der letzten Position stellte Greg fest: „So weit ist deine Distanzzone. Das wollen wir nun mit Formulierungen und Körperhaltungen verfestigen."

„Veronika, wenn du möchtest, kannst du auch mitmachen. Distanzzonenarbeit ist umso wichtiger, wenn ihr es mit vielen Menschen zu tun habt." Fügte Greg noch hinzu.

Veronika stellte sich neben Christa und ihre Blicke ruhten erwartungsvoll auf Greg.

„Verwurzelt euch wieder und verbindet euch mit dem Himmel, das ist der erste Schritt."

Greg konnte die Verbindungen der beiden mit seinem dritten Auge nachvollziehen. Also sagte er, nachdem sie hergestellt wurden, folgendes:

„Stellt euch vor, ihr sitzt in einer Säule, die außen rundherum mit Spiegeln verkleidet ist. Das ist die ideale Position, um euch bösartige Gesellen vom Leib zu halten. Denn diese sehen ihre Fratzen dann im Spiegel, und erschrecken selbst vor der Dunkelheit in ihren Seelen und wenden sich ab. Diese Übung könnt ihr auch in öffentlichen Verkehrsmitteln machen. Ihr seid ganz sicher in eurem Energiefeld. Fühlt euch richtig ein."

„Der Satz dazu ist: *Ich bin das Licht in dunkler Nacht.*"

Auch das beobachtete Greg genau. Erst als er sicher war, dass sie es geschafft hatten, bat er sie in den Raum zurückzukehren.

„Es kann allerdings auch sein, dass ihr eurer Umgebung Liebe schenken wollt. Das machen wir jetzt. Stellt euch eure Herzen gleich einer noch geschlossenen Blüte vor. Wenn ihr beobachtet, dass Menschen Liebe brauchen, öffnet die Blüte und lasst eure kosmische Liebe, durch die Verbindung mit Himmel und Erde, hinaus fließen. Sozusagen flutet ihr die Räume um euch mit Liebe."

„Der Satz dazu ist: *Ich schenke euch die Liebe, die durch mich auf die Erde kommt.*"

Greg machte das, um den Raum für den Nachmittag mit Liebe zu füllen, was der Feedbackrunde zuarbeiten würde. Er bemerkte auch, dass „Liebe verstrahlen" ein seliges Lächeln auf die beiden Frauengesichter zauberte. Und er spürte ihre Wärme.

„Jetzt üben wir noch die sogenannte Neutralhaltung. Die braucht ihr vor allem, wenn nicht klar ist, mit wem ihr es genau zu tun habt. Das gilt fast für alle beruflichen Belange."

„Dazu stellt ihr euch rund um euch einen Garten vor, eine Blumenwiese oder ein Gemüsebeet. Jedenfalls müsst ihr darüber sehen können. Denn rundherum des Gartens verläuft ein gewöhnlicher weißer Lattenzaun, der in eurer Blickrichtung ein Tor zur restlichen Welt zeigt. Das reicht schon. Jeder, der an das Tor tritt, muss euch um Einlass bitten. Über dem Zaun ist ein unsichtbarer Wall aus Energie. Darüber springen gelingt also keinesfalls. Und ihr schickt eine Anfrage an eure Intuition, je nachdem lässt ihr das Tor öffnen oder eben nicht. Wenn es euch hilft, könnt ihr auch mehrere solcher Zonen bestimmen. Vor allem dir, Christa, lege ich das nahe. Wenn der- oder diejenige dann durch euren Garten schreitet, habt ihr noch eine letzte Option falls ihr doch nicht in Interaktion gehen wollt. Direkt vor euch befindet sich nämlich eine Falltür. Wenn ihr bemerkt, diese Energie tut euch nicht gut, wird die Person wieder außerhalb des Zaunes befördert. Ganz sanft und unmerklich."

„Der Satz dazu ist: *Ich vertraue auf meine Intuition, wen ich wie nahe an mich heranlasse.*"

„Bitte denkt daran, dass ihr ganz allein die Regisseure eures Lebens seid. Und zwar in jeder Situation, sei sie auch noch so schlimm." Fügte Greg noch hinzu, als die beiden ihrer Augen wieder öffneten und sich ein wenig unwirklich fühlten.

Veronika riss den Mund auf und gähnte laut, Christa ribbelte sich die Augen, als müsse sie klarer sehen und Greg nahm sie beide in den Arm, er stellte fest, dass sie beide schwer gearbeitet hätten und jetzt eine Entspannungsmusik verdient hätten. Dazu würde er auch die anderen Teilnehmenden holen, denen es wohl ähnlich ergangen war. Christa und Veronika nahmen zustimmend Platz. Greg bat die zweite Gruppe im Raum, nach der Kaffee- oder jeder anderen Pause zurück zu kehren, vor dem Essen würden sie noch mit Entspannungsmusik verwöhnt.

Die Entspannungssequenz

Greg begab sich auf die Suche nach den anderen. Erst traf er auf Bernhard und dessen Gruppe, denen er gleich die Order gab, die restlichen Teilnehmenden zu bitten, in den Seminarraum zu gehen.

„Bernhard, kannst du mittags neben mir sitzen, ich möchte dich etwas fragen?"

Bernhard nickte und begab sich ebenfalls auf die Suche. So ein loyaler Kerl, dachte Greg und war sehr zufrieden mit seiner Wahl. Bernhard würde Standards entwickeln und sich wie Greg den einzelnen Prozessen ausliefern, was es für ihn so interessant machte. Doch in Serie gehen damit, wahrscheinlich nicht. Greg blickte auf seine Hände und dabei fiel ihm Veronika wieder ein. Ihre zarte Haut und …

Festen Schrittes ging er in den Seminarraum zurück und suchte die Tonspur auf seinem Laptop. Er steckte den Lautsprecher ein und blendete kurz ein Bild von einem Sonnensturm. Das erinnerte ihn daran, wo er hingehörte und die Sehnsucht wuchs. Schließlich hatte er gefunden, was er gesucht hat.

„Ich bin das Licht" und „Ich lasse los" und „Wie ich bin, Herr, nimm mich wie ich bin". Diese Mantras von Marc Fox[1] und Angelika Thome gingen in jede Zelle. Auch wenn man nicht daran glaubte. Das war zum Glück bei vielen energetischen Methoden so.

Greg schmunzelte und sobald alle saßen, bat er sie zu lauschen. Rudolf ließ sich entschuldigen, ihm sei leider übel. Andreas grinste wissend, doch er freute sich auf die Musik.

Greg blickte um sich. Es gefiel ihm, wie die einzelnen auf die Musik reagierten. Manche summten mit, andere wirkten schlaftrunken, dritte versuchten sich bei den ersten Klängen noch zu wehren, und lehnten sich schließlich zuerst noch resignativ zurück. Doch schon nach einigen Takten beugten sie sich embryonal nach vorne, den Kopf in ihren Händen haltend.

---

[1] marcfox.de

Selbstberührung nennt sich das und es hilft, ganz bei sich sein zu können. Spätestens beim letzten Stück waren sie alle entspannt. Das „Wie ich bin, Herr nimm ich wie ich bin" gesungen von diesen zwei schönen Stimmen ließ bei manchen sogar die Augen feucht werden. Selten fühlten sich alle so angenommen und in eine meditative Stimmung versetzt. Greg genoss die heilige Stille im Raum.

Leise läutete er die Mittagspause ein, indem er feststellte „Aus der Hotelküche riecht es schon wieder verführerisch gut!"

Am Mittagstisch setzte sich Bernhard zu Greg, auf der anderen Seite ließ Veronika sich nieder, sie wollte Gregs Nähe noch eine Weile auskosten. Ihr war nicht bewusst, dass sie so alles mithören würde, was nicht für ihre Ohren bestimmt war, und mit dessen Konsequenzen sie weiterhin zu leben hatte.

Greg beschloss, lauter zu reden als gewöhnlich, dann brauchte er für Veronika nicht mehr viele Worte.

Und er legte los „Bernhard, ich möchte dir dieses Seminarprodukt übergeben, ich fühle mich schon zu neuen Aufgaben gerufen, die woanders in der Welt liegen. Natürlich mit Lizenzgebühr und allem Pipapo. Du hast sicher einen Anwalt, der das für uns regeln kann. Wie klingt das für dich?"

Bernhard war von schneller Auffassungsgabe und Greg fühlte, dass er bereits am Rechnen war.

Also drehte er sich zu Veronika und flüsterte ihr zu „Ich bleibe noch in diesem Hotel bis der Vertrag unter Dach und Fach ist."

Beinahe biss er sich auf die Zunge, doch Veronika war eben eine ganz besondere Frau. Veronika fühlte sich durch diese Aussage eingeladen und dachte nach, wie die Begründung gegenüber ihrem Chef wohl klingen könnte. Wahrscheinlich so oder so ähnlich, dass sie die restlichen zwei Tage frei bräuchte, um den Seminarinhalt zu verarbeiten.

Jetzt stieß Bernhard Greg an, er habe seinem Anwalt gesimst, und der hätte am Wochenende Zeit. Sonntagmittag am besten, er sei frisch getrennt und wüsste ohnehin nicht, wohin mit seinen

Sonntagen. Und das Hotel sei für seine exzellente Küche bekannt. Greg nickte zustimmend, wenn das so schnell ging, würde er am Sonntagabend Richtung Italien fliegen. Er bat kurz darauf an der Rezeption, ihn für den Nachmittagsflug am Sonntag nach Rom zu buchen. Nur hin und keinesfalls zurück. Dort kannte er ein kleines Restaurant gleich beim Bahnhof, dort würde er abendlich seine geliebten Spaghetti Arrabiata zubereitet bekommen und dazu eine Karaffe roten Weines. So ließ es sich fantastisch leben! Greg wandte sich wieder Veronika zu.

„Unser letztes Essen wird das sonntägliche Frühstück sein, danach rufen die Geschäfte."

Der letzte Nachmittag

Nach dem herrlichen Essen und dem Kaffee hinterher schlurften die Teilnehmenden mehr in den Seminarraum als sie gingen. Das kam Greg gelegen, er würde ihnen als Vorbereitung für die nächste und letzte Übung einen Spaziergang an der frischen Luft verordnen. Währenddessen würde er die Sessel und Tische wie bei einem Speed Dating anordnen. Auch die Bögen waren schon da, mit Namen der einzelnen Teilnehmenden und zwei Spalten für Stärken und Potentiale. Das Flipchart dafür hatte er bereits morgendlich vorbereitet, auf ihm stand Folgendes zu lesen:

„Gib deinem jeweiligen Gegenüber zumindest ein positives Feedback, das du in diesen drei Tagen festgestellt hast. Gib danach deinem Gegenüber etwas, woran sie oder er noch arbeiten könnte, um in deinen Augen noch „ganzer" zu werden. Verpacke dieses Feedback am Ende in eine positiv steuernde Frage. Soll heißen, gib ihm oder ihr einen Impuls. Hütet euch vor Ratschlägen, sie dämpfen die Kreativität des eigenen Denkens."

Die Teilnehmenden notierten sich die Worte und genossen den Spaziergang an der frischen Luft. Es tat gut, nach dem Essen ein paar Schritte zu gehen.

Einzig Rudolf blieb im Raum zurück und widersprach Greg.

„Glaubst du wirklich, dass diese Methode Erfolg verspricht? Ich werde ihnen allen sagen, sogar einbläuen, wo ich ihre Schwächen und Risiken orte und manchmal nur Manipulation und Intrigen helfen können, den oder die andere zu besiegen."

Danach lachte er sein diabolisches Lachen.

Greg wiederum ließ sich davon nicht mehr erschüttern und erwiderte: „Diejenigen, bei denen das klappt, sind noch nicht soweit. Mach du nur, jeder ist für sich selbst verantwortlich!"

Greg begann die Tische umzustellen, jeweils zwei Personen an einem Tisch. Weit genug entfernt vom nächsten Tisch, damit es vertraulich bleiben konnte. So entlud sich die letzte zornige Energie, die er aufgrund Rudolfs Bemerkung tief unten verspürt hatte und fühlte mit jedem Tisch, dass sie zum Fenster hinaus glitt.

Speed Dating – die Feedbackrunde

Rudolf setzte sich gleich an den ersten Tisch. Er genoss es, Greg arbeiten zu sehen und zeitgleich an seinem Espresso zu nippen. Langsam trudelten die anderen ein. Bea setzte sich sofort zu Rudolf. Die anderen verteilten sich auf die restlichen Tische. Auch Greg hatte am letzten Tisch in der Runde Platz genommen. So saßen außen: Rudolf, Bernhard, Veronika, Franz, Andreas und Greg. Innen fanden sich: Bea, Gerhard, Anna-Maria, Irene, Christian und Christa. In der ersten Runde würden die Inneren jeweils nach dem gegenseitigen Feedback um einen Tisch weiterrücken.

Danach verordnete Greg eine notwendige Schnaufpause. In der zweiten Runde wiederum mussten sie sich alle einen neuen Platz suchen. Veronika saß Bernhard gegenüber, Franz Andreas und Greg Rudolf, während Bea Gerhard, Anna-Maria Irene und Christa Christian gegenüber saßen. Auch danach gab es eine stärkende Pause.

In der dritten Runde schließlich Veronika Franz, Andreas Rudolf, Bernhard Greg usw. Endlich war es vollbracht, jede und jeder hatte allen anderen Teilnehmenden Feedback gegeben und welches erhalten. Die Erschöpfung dieser anspruchsvollen Tätigkeit war den meisten ins Gesicht geschrieben. Also Pause!

Danach kamen noch die Reflektion und die Transfergedanken. Diese machten Greg am meisten Freude, weil er die Teilnehmenden scannte, ihre jeweiligen Energielevel, ungeachtet was sie darüber sagten, er konnte es sehen, ob sie einen Schritt weiter waren oder aber auf sich selbst zurückgeworfen worden waren. Was Greg auch als Erfolg verbuchte. Wenn jemand nicht weiter gehen konnte, galt es noch einmal bei sich selbst anzufangen. Deswegen freute sich Greg, dieses Seminarprodukt an Bernhard zu übergeben. Er war schlicht viel zu ungeduldig mit den Unbewussten. So nickte er die Reflektionen ab und ließ sich bei jedem zu einem abschließenden Statement hinreißen, wo es seiner Vermutung nach weitergehen würde. Dahinter setzt er hörbar einen Punkt, damit sich die Teilnehmenden nicht trauten, sich zu rechtfertigen. Nur bei Rudolf machte Greg eine Ausnahme.

Dafür sagte Rudolf zu ihm „Danke, dass ich dabei sein durfte. Ich habe wirklich einiges gelernt."

Anschließend war er Irene und Bea den gleichen verächtlichen Blick zu.

Irene erstarkte und Bea verkrampfte sich. Hatte sie doch eben von Greg gehört, dass sie immer noch zu beliebig sei und daran dringend etwas machen müsste. Zum Beispiel aus dem Pfarrgemeinderat austreten und stattdessen eine schamanische Ausbildung zu starten.

Christian hatte Greg ermutigt, seine Gefühle zuzulassen, wie er das im Theaterstück so hervorragend gezeigt hat, an das Stück bräuchte er nur zu denken und schon wird er sich trauen.

Bernhard stellte Greg gleich als neuen Trainer des Seminares „Selbst und Neu" vor, was bei den anderen Applaus erntete. Nur Rudolf schüttelte den Kopf, Greg ließ sich selten auf

Wiederholungen ein, schade, denn jetzt wo Rudolf das Programm kannte, hätte er beim nächsten Mal viel größere Irritationen von Greg eingeplant.

Christa bekam zu hören, dass sie auf ihre Zäune mit den Türen achten möge und zwar bei jeder neuen Begegnung.

Franz erntete ein breites Lachen und folgende Worte: „Franz, du bist ein Naturtalent, beginne daran zu glauben und du wirst sehen, das Leben wird leichter."

Franz musste daraufhin auch lachen.

„Dieses Lachen ist dein wahrer Trumpf, weil es direkt vom Herzen kommt" schloss Greg.

Bei Gerhard kniff Greg die Augen zusammen und sagte dann, dass er Gerhard auf einer Grenzlinie sähe, noch nicht entschlossen genug und dass er ihm für den Entscheidungsprozess viel Glück wünsche. Gerhard wandte sich schneller ab als die anderen und Rudolf zwinkerte ihm die Hintergründe dafür wissend zu.

Veronika stand hinter Gerhard und bemerkte das Zwinkern, kalte Schauer liefen ihr dabei über den Rücken.

Doch als sie Greg gegenüberstand, erfüllte er sie mit wohliger Wärme als er anfing zu reden: „Du bist eine Frau Diplomingenieur mit einer riesengroßen Portion Intuition. Sei dir gewahr, wie du mit ihr umgehst, achte auf deine Worte und bleibe stets ganz bei dir, du bist es wert!"

Veronika blickte in Gregs Augen und die Augen versprachen einander, den nächsten Tag gemeinsam zu verbringen.

Anna-Maria wurde hinter Veronika schon zappelig. Allerdings holte sie Greg gekonnt ab, indem er ihr klarmachte, dass in welcher Reihe sie auch stehen würde, sie darauf vertrauen könne, ihre Zeit und ihren Raum zu bekommen. Sie sollte darauf vertrauen und sich nicht von vorauseilendem Gehorsam oder starren Regeln abhalten lassen.

Auch Irene musste bei diesen Worten schmunzeln, sie passten ebenso zu ihr. Aber Greg hatte etwas ganz anderes für Irene in petto, davor räusperte er sich noch, um dem mehr Gewicht zu verleihen.

„Irene, du hast mich am meisten überrascht, welch gefühlsstarke Frau hinter der spröden Mauer, die du dir gebaut hattest, steckt, erschien mir wie eine Neugeburt. Wie ein Vulkanausbruch oder eine Flut, die in weiterer Folge reiches Ackerland schafft. Bleib dabei Leben zu säen und deine Ernte wird lebendig sein."

Irene strahlte Greg an und vermied es, Rudolf anzuschauen.

Andreas, der letzte im Bunde, wurde mit folgenden Worten von Greg bedacht, dass er ein ganz intuitiver Mann sei und dass für ihn gelte, jeweils sein Bestes zu geben und dabei auf seine Intuition zu hören. Manchmal sei es besser aktiv zu warten anstatt in Aktionismus zu verfallen, oft sei weniger mehr, immer wieder gelte es, die anderen erst in ihre eigenen Gedanken kommen zu lassen. Andreas nickte, er wusste nur zu gut, wovon Greg sprach.

Anschließend macht Greg die Runde und gab jedem Teilnehmenden die Hand. Er war bei manchen verlockt, ihn oder sie zu umarmen, doch aus Gründen der Gleichheit nahm er diese Umarmungen nicht wahr.

Schließlich setzte er sich wieder hin und verkündete: „Wir hören jetzt einfach auf. Dazu bitte ich euch aufzustehen und einen Schritt nach vorne zu gehen. Das ist der erste Schritt in euer neues Leben. Dann der zweite Schritt und dabei tief ein- und ausatmen. Geht so weit ihr wollt, bis sich das Gefühl für eure Zukunft richtig und gut anfühlt. Danach könnt ihr wieder kommen und euch von den anderen verabschieden. Ich mache das auch."

Greg tat den ersten Schritt und sah sich unbeschwert und fröhlich mit Veronika, beim zweiten Schritt denkend mit Bernhard und seinem Anwalt. Beim dritten Schritt schon im südlichen Rom. Beim vierten saß er am Lido und tüftelte an einer neuen Idee, die seiner Umsetzung harrte. Die Sonne wärmte ihn wohlig, so fühlte er sich wohl. So ging er immer weiter bis er schließlich in seinem Zimmer gelandet war.

Abschiede waren ihm verhasst. Er hatte alles getan und gesagt, was zu tun und zu sagen war. Jede Bewegung darüber hinaus erschien ihm unnötig und anstrengend. Er streifte sein Gewand ab und stopfte es in den Reinigungssack, den stellte er vor die Tür. Bis übermorgen brauchte er es wieder, das Hotel würde das möglich machen.

Nackt verschwand er in der Dusche und genoss das dampfend heiße Wasser. Er atmete lautstark durch. Danach hüllte er sich in seinen kuscheligen Bademantel und schlüpfte ins Bett. Da fiel ihm Veronika wieder ein, er rief in der Rezeption an und bat, ihr auszurichten, dass er sie um neunzehn Uhr in der Bar erwarten würde. Gleichzeitig fragte er nach, ob seine Wäsche schon abgeholt wäre und dass er sie bis Sonntag früh bräuchte. Die Rezeptionistin bestätigte beides mit freundlichen Worten. Greg stellte den Wecker und schlief sofort ein. Er träumte den Traum vom nächsten Tag.

Die Teilnehmenden kehrten wieder in den Raum zurück. Manche umarmten einander, andere waren heilfroh, dass sie endlich nach Hause fahren konnten, manche tauschten Telefonnummern oder Mailadressen aus. So leerte sich der Seminarraum nach und nach. Die Trolleys verschwanden langsam hinter der Pinnwand, wo sie den ganzen Tag auf die Abreisenden gewartet hatten.

Rudolf konnte nicht anders, er zog Veronika dicht an sich und flüsterte in ihr Ohr: „Er wird dich ebenso wie alle anderen fallenlassen wie eine heiße Kartoffel. Stell dich darauf ein, Mädchen."

Veronika mochte diese Umarmung nicht, befreite sich mit einem schnippischen „Na und?" und verließ den Raum.

Sie ging in Waschraum und ließ kaltes Wasser über ihre Unterarme rinnen. Langsam beruhigte sie sich wieder. Veronika wusste, dass es sich um einen schönen Traum handelte und sie war fest entschlossen, ihn zu träumen. Sie wartete eine Weile, dann ging sie schnurstracks zum Aufzug. Kaum in ihrem Zimmer angekommen, läutete das Zimmertelefon. Ihr Herz begann schneller zu klopfen, doch es war nur die Rezeptionistin mit der Nachricht von Greg. Bis neunzehn Uhr war noch viel Zeit. Sie tat es Greg gleich, duschte und kuschelte sich ins Bett. Zum Zeitvertreib drehte sie den Fernseher auf. Doch sie konnte sich nicht konzentrieren. Also brummte das Gerät und Veronika starrte vor sich hin und versuchte sich die Stunden mit Greg in buntesten Farben vorzustellen. Dann sprang sie auf und richtete ihre Kleidung her. Danach ließ sie sich wieder in das komfortable Bett fallen.

Greg erwachte wie ferngesteuert. Der Wecker klang zu schrill und draußen fiel die Dämmerung herein. Er wagte es kaum auf die Uhr zu schauen. 18.30 Uhr. Ihm blieb nichts anderes übrig als schnell ins Bad zu huschen, sich zu rasieren, anzuziehen und dann noch flott Gel in die Haare. Greg gähnte laut und erschrak selbst.

Veronika wartete auch bis zum letzten Moment. Sie schlüpfte in das zurecht gelegte Gewand und die Schuhe. Schnell noch vor dem Spiegel die Wimpern getuscht, Rouge und Lippenstift aufgetragen. Sie zwinkerte sich selbst zu, aufgeregt, was jetzt wohl nach dieser ersten Nacht folgen konnte. Wieviel würde sie sich zulassen trauen? Ein Gähnen folgte bei Fuß, die vorige Nacht forderte ihren Tribut. Hoffentlich war Greg auch müde und schlug etwas Gemütliches vor. Sie schalt sich wegen dieses Gedanken. Sie hoffte auf die Wirkung des Prosecco.

Beinahe gleichzeitig trafen die beiden in der Bar ein. Sie gingen aufeinander zu und Greg legte seinen Arm um Veronikas Hüfte.

„Prosecco oder Campari Soda?" fragte er.

„Prosecco, bitte."

Sie gingen zu den gemütlichen Lounge Sesseln und Greg bestellte. Der junge Kellner brachte ihnen in Windeseile zwei gut gefüllte Gläser. Dazu wurden Chips und Erdnüsse gereicht. Veronika musste plötzlich gähnen. Das nahm Greg zum Anlass für seinen Vorstoß.

„Was hältst davon, wenn wir heute einen sehr gemütlichen Abend verbringen und ein wenig ausspannen?"

Veronikas kritischer Geist fragte nach: „Was verstehst du unter einem sehr gemütlichen Abend?"

Greg begann zu erläutern: „Nun, ein leichtes Abendessen, dann vielleicht in die Sauna oder in den Wellness Bereich, anschließend einen Snack und guten Wein auf mein Zimmer und dabei Musik hören, eng aneinander geschmiegt und nackt, doch ohne Erwartungsdruck."

Veronika nickte zustimmend, danach stand ihr auch der Sinn. Hauptsache, sie waren zusammen. Gesagt, getan. Sie machten es ganz genauso. Diesmal schliefen sie eng aneinander liegend ein und freuten sich beide, den Atemzügen des anderen zu lauschen.

Am nächsten Morgen wachte Greg als erster auf. Es rührte ihn, wie sie gleich einem Embryo eingerollt da lag, er stand so leise wie möglich auf, die heiße Dusche stand an. Veronika erwachte kurz darauf und musste sich erst orientieren. Das Bett neben ihr war leer, doch zum Glück ging in diesem Moment die Dusche los. Sie drehte sich auf den Rücken und streckte sich. Selten hatte sie sich nackt so wohl gefühlt. Sie stand auf und ging lufthungrig zum Fenster.

Es klopfte, jemand rief „Frühstück ist da", dann entfernten sich die Schritte wieder. Veronika zog Gregs Hemd von gestern über, das fühlte sich fast an wie eine Umarmung. Sie hielt kurz inne und tauschte dann den gestrigen Snackwagen gegen den voll beladenen Frühstückswagen aus, dessen Spezereien verführerisch dufteten. Greg kam in seinem weißen, flauschigen Bademantel aus dem Bad und erblickte Veronika in seinem Hemd.

„Süß siehst du aus!" verriet er, was er in dem Augenblick dachte.

„Wieso ist in deinem Zimmer ein Bademantel und in meinem nicht?" erboste sich Veronika.

„Weil ich der Trainer bin und so manche Vorzüge genieße."

Er ging auf sie zu, öffnete den Mantel und packte Veronika mit ein.

„Besser?"

„Viel besser!"

Sie schmiegte sich an ihn. Doch der Appetit auf das feine Frühstück ließ nicht lange auf sich warten. Also setzten sie sich in die Fauteuils und frühstückten einträchtig. Schinken und Frischkäse, Lachs mit Senfsauce, weiche und harte Eier, Tee und Kaffee und sogar ein Kännchen heiße Schokolade. Auch eiskalter Prosecco, dazu jede Menge frisches Gebäck, Toastbrot mit einem kleinen Toaster und hausgemachte Leberwurst und Marmeladen. Auch eine Käseplatte mit Obst stand da.

Sie schlemmten wie im Schlaraffenland, danach mussten sie ruhen. Greg schlug Veronika vor, ihr Zimmer aufzugeben, schließlich verursache das zusätzliche Kosten.

„Und was, wenn du dann wieder allein sein willst?" fragte sie und er konnte die Provokation in ihren Worten hören.

„Liebe Frau, ich werde ab morgen genug alleine sein. Meinst du, ich schlüge das sonst vor?"

Sie kuschelte sich noch enger an ihn und kraulte seine beharrte Brust, wobei sie manchmal tiefer geriet.

Dabei flötete sie verführerisch: „Was ist schon eine Nacht? Ich habe jetzt keine Lust umzuziehen. Apropos, habe ich dir schon verraten, dass mein Rücken eine meiner erogensten Zonen ist?"

Blitzschnell wandte sie Greg ihren Rücken zu, er begann sie zu streicheln. Weniger später in dieser Löffelchenstellung schlüpfte Greg in Veronika. Das fühlte sich für beide sehr natürlich an und gut. So wollten sie auch den restlichen Tag verbringen. Natürlich und gut.

Es handelte sich mehr um ein inneres Versprechen. Diesmal machte Veronika den Hinweis, dass sich doch spazieren gehen könnten, weit und bis zum Fluss, der hier angeblich vorbei führte.

Greg stimmte zu und sprang fast aus dem Bett: „Husch, husch, solange noch die Sonne lacht!"

Wenig später rannten sie wie die Kinder ausgelassen und froh über die Brücke. Sie stellten sich vor, dass auf der anderen Seite eine andere Welt lag. Greg verplapperte sich beinahe, doch was hätte es genutzt, wenn er offenbarte, dass er von der Sonne kam. Er spielte das Spiel mit und sie entdeckten verzauberte Prinzen und Gilabert, den Elfenkönig mit seinem Gefolge. Sogar Hexenmeister Rapazant zeigte sich ihnen und die kleine Hexe Walpurga, sie zauberten eine Lichtung in den Wald und es roch wundersamer Weise nach Zimt. Greg löste dieses Rätsel, er hatte vom Frühstücksbuffet vier Zimtschnecken geklaut und sich Kaffee in eine Thermoskanne abfüllen lassen, während Veronika sich umziehen gegangen war. Sie nahmen auf Baumstämmen Platz und stärkten sich. Veronika begann plötzlich zu bibbern. Greg zog sie schnell an sich, um sie an seiner Hitze teilhaben zu lassen.

„So eine Heizung könnte ich oft gebrauchen!"

Sie biss sich auf die Lippen, doch Greg sagte bloß: „Die ist nur für dich heute in Betrieb! Wahrscheinlich sollten wir uns auf den Weg über die Brücke machen. Sonst wird es gar noch dunkel."

Veronika nickte und löste sich sanft aus der Umarmung. Greg packte die Thermoskanne und die Papierservietten, sowie die Tassen wieder in seinen Rucksack und nahm Veronika an der Hand.

„Dann auf Wiedersehen, du Geisterwelt. Schön war es bei euch. Vielen Dank für eure Gastfreundschaft."

Er verbeugte sich und sie tat es ihm gleich. Anschließend stapften sie zur Brücke zurück, Hand in Hand und manchmal zog Greg Veronika zu sich und küsste sie. Wie Kinder waren sie losgezogen, wie Teenager kehrten sie zurück. Lachend und kichernd. Der Nebel begann einzufallen und Greg beschleunigte seine Schritte.

„Nasskalt mag ich es gar nicht, hast du Lust auf eine warme Dusche? Ich fange an und mache Dampf und du kommst hinzu?"

„Ja, nur zu gern, wenn ich dann deinen Bademantel haben kann."

Greg nickte zustimmend, hatte er doch am Morgen bei der Rezeption um einen zusätzlichen in Veronikas Größe gebeten.

Endlich erreichten sie die Lobby, drinnen war bereits Tee und Kaffee für die Nachmittagspausen der Seminare hergerichtet. Sie gingen an die Bar und orderten Kräutertee. Auf der Packung stand „Sonnentor", das konnte Greg beruhigen. Er fühlte sich durchaus aufgeregt, eine zweite Nacht mit Veronika zu verbringen. Heute würden sie es krachen lassen. Luxuriöses Essen, teurer Wein und heißer Sex. Schließlich ging es um einen Abschied für immer und er wollte mehr als gut in Veronikas Erinnerung bleiben.

Sie huschte nach dem Tee in ihr Zimmer und holte ihre Sachen. Geheimnisvoll fühlte sich dabei. Fast wäre sie auf Zehenspitzen geschlichen. Apropos geschlichen, heute würde sie die High Heels und das mitternachtsblaue Etwas aus Stoff anziehen und darunter ein Spitzenbustier mit passendem Slip. Gekauft hatte sie das alles für einen anderen Mann, doch getragen wurde es noch nie. Premiere! Auch wollte sie heute abendliches Make-up auftragen, darin war sie zwar nicht geübt, doch guten Mutes.

Greg ging derweil auf sein Zimmer, hängte das „Bitte nicht stören" Schild an die Tür und setzte sich in den gemütlichen Lehnstuhl. Die Viertelstunde, die Veronika sich erbeten hatte, um ihre Sachen zu holen, nützte er für eine Meditation. Diesmal holte er eine goldene Münze, auf der die Sonne abgebildet war, aus einer kleinen goldenen Schatulle. Er nahm sie in die linke Hand, erdete sich, indem er aus seinen Beinen Wurzeln in den Grund wachsen ließ und dann verband er sich direkt mit der Sonne. Wenn dieses Phänomen jemand beobachtete, hätte dieser jemand von einem goldenen Schein gesprochen, in dessen Zentrum Greg zu finden war. Seine Zellen füllten sich mit Hitze und Lebenskraft innerhalb von wenigen Minuten. Greg stand auf und ließ seine Hände den letzten Rest dieser Energie abschöpfen. Anschließend legte er die heiße Münze in die mit rotem Samt ausgekleidete Schatulle zurück und entfernte das Schild an der Tür. Danach zog er sich aus und ging unter die Dusche, diesmal nur warmes Wasser.

Veronika kam wenige Minuten später in das Zimmer und bemerkte, dass es wesentlich wärmer war als in ihrem. Sie bemerkte gleich den frischen Bademantel auf ihrer Seite des Bettes und musste lächeln. Im Bad prasselte die Dusche und sie fragte sich, wie schnell sie sich an jemanden zweiten in ihrem Leben gewöhnt hatte. Bisher schien ihr das verwehrt. Doch wer weiß, vielleicht eröffnete Greg eine neue, glücklichere Serie. Veronika verstaute ihre Sachen im Schrank, zog sich ebenfalls aus, schlüpfte in den weichen Bademantel und ging ins Bad.

Greg deutete, sie solle zu ihm kommen, es sei Platz genug. Sie hing den Mantel über das Waschbecken und folgte seiner Handbewegung. Das warme Wasser umschmeichelte die beiden Körper sanft. Greg ließ die cremige, nach Lavendel duftende Seife aus dem Seifenspender in seine Hand fließen und begann Veronika damit zu waschen. Seine Hände fühlten sich wunderbar an. Da er ein Stück größer war als sie, bat er sie, den Kopf zurückzulegen und massierte ihr Köpfchen. Endlich eine Frau, die nicht um ihre Frisur fürchtete. Veronika fühlte sich wie ein Baby, wohlig warm und sicher. Sie begann leise zu schnurren, das stimulierte Greg wiederum und sie liebten einander unter der herrlichen warmen Wasserfalldusche. Danach wuschen sie einander bevor sie sich abtrockneten und sich in ihre Mäntel verkrochen.

Draußen im Zimmer setzten sie sich auf das Sofa und wundersamer Weise stand eisgekühltes, italienisches Bier, in Prosciutto gewickelte Grissini und Oliven auf dem Couchtisch. Wie zwei kleine Eisbären saßen sie einander gegenüber und vergruben die Füße jeweils im Mantel des anderen. Ihre Nacktheit fühlte sich gut an. Das Bier zischte ihre Kehlen hinunter und der aufkeimende kleine Hunger wurde gestillt. Nachdem Veronikas Haare getrocknet waren, schälte sie sich aus dem Bademantel und verschwand im Badezimmer. Vorher nahm sie das vorbereitete Bündel unter die Arme und lächelte Greg verführerisch an. Diesen Wink verstand er sofort. Er erhob sich ebenfalls und warf den Mantel auf das Sofa. Dann zog er feinstes graues Tuch und ein frisches, hellblaues Hemd an. Am Ende schlüpfte er in graublauen Socken in schwarze Schuhe und zu guter Letzt kam noch ein Stecktuch in die Sakkotasche. Er betrachtete sich im Spiegel. In diesem Moment kam Veronika aus dem Bad. Ihr entkam ein „Wow!"

Greg dreht sich in ihre Richtung.

„Das kann man wohl sagen! Du siehst zauberhaft aus, wie eine Elfe!"

„Warte, bis ich erst die Schuhe anhabe."

Sie zog zierliche blaue Schuhe aus ihrem Koffer. Die zog sie über ihre kleinen bestrumpften Füße. Jetzt war sie so groß wie Greg und konnte ihm direkt in die Augen schauen. Greg nutzte diese Gelegenheit und zog Veronika an sich.

„Allez!" sagte er und sie gingen engumschlungen los.

Das Abendessen

Sie nahmen am festlich gedeckten Tisch Platz, Greg half Veronika beim Hinsetzen. Sie schmunzelte, ihren Kollegen war das genauso wenig eingefallen wie manchen Männern, mit denen sie ausging. Greg war eben ein echter Gentleman. Er genoss es, Veronika sich als jemand besonders fühlen zu lassen und auch nochmals ihren frischen Duft einzuatmen. Anschließend bestellte er zwei Prosecchi und ließ sich die Weinkarte bringen. Veronika studierte die Abendkarte und ihr rann das Wasser im Mund zusammen. Jetzt erst bemerkte sie, dass sie großen Hunger hatte. Sie waren bei ihrem Spaziergang doch weiter gegangen als nur bis zum Fluss. Greg schien auch der Magen zu knurren, denn er orderte eine Vorspeisenplatte, als der Kellner den Aperitif brachte. Dazu kam unaufgefordert Foccacia, warm und nach Oliven und nach Rosmarin duftend.

„Ich liebe diese Fladen aus Teig!" entkam Greg ein Seufzer der Begeisterung.

„Ho anche" stimmte Veronika zu.

Bald darauf stellte der Kellner die Fischvorspeisen auf den Tisch und auf jeden Platz ein Teller. Die beiden fielen über die Platte her wie ausgehungerte Piraten, sie sahen einander an und lachten laut auf. So ausgelassen und fröhlich waren beide lange nicht gewesen. Sie genossen es. Der Kellner fragte gleich, ob sie noch eine Runde Prosecco nehmen wollten oder gleich Wein.

Greg antwortete wie aus der Pistole geschossen „Ich habe gesehen, ihr habt einen Jermann, von dem bitte eine Flasche."

„Darf Ihnen Wasser dazu bringen?"

Beide schüttelten verneinend den Kopf und zerkugelten sich vor Lachen abermals. Wenig später rann der göttliche Wein durch ihre Kehlen und sie bestellten den nächsten Gang. Gut, dass im Restaurant gerade Italienische Wochen stattfanden, das war beider Lieblingsküche. Dazu spielten sie im Hintergrund auch italienische Musik, es fühlte sich an wie im Himmel.

Veronika wählte Spaghetti Vongole, Greg Trüffelravioli. Sie tauschten als sie jeweils die Hälfte gegessen hatten, gleich einem eingespielten Paar. Dann verordneten sie sich eine Pause vor dem Hauptgang. Greg schlug vor, an die kühle Abendluft zu gehen und Veronika bemerkte einen leichten Schwips beim Aufstehen. Doch Greg umarmte sie und nahm sie an der Hand. Lange blieben sie nicht auf der Terrasse, doch lange genug für einen zärtlichen Kuss. Bibbernd kamen sie wieder herein, doch das Restaurant war gut geheizt und so bestellten sie bald die nächste Flasche Wein. Das war auch der Moment, wo Veronikas feinbestrumpfte Beine Kontakt mit Gregs Unterschenkel aufnahmen. Sie wurde übermütig, nicht nur wegen des Weines, sondern vor allem wegen ihres attraktiven Gegenübers. Greg funkelte sie mit Glutaugen an. Danach bestellten sie die Hauptspeisen, sie einen Branzino mit Blattspinat und Erdäpfeln, er ein Rumpsteak auf Rucola mit durchleuchtenden Parmesanscheiben und Balsamico. Die Nachspeisen würden sie sich wohl aufs Zimmer bringen lassen. Zabaione, um den Abend kulinarisch weinschaumig zu beschließen. Der Kellner verstand und gab für die Nacht eine Flasche Wasser dazu.

Die letzte Nacht

Als sie wieder im Zimmer ankamen, schmissen beide ihre Schuhe in eine Ecke. Veronika früher, Greg später, dafür zog er auch gleich seine Socken aus. Er liebte es, barfuß zu sein. Den restlichen Wein hatten sie im Eiskübel mitgenommen, Greg füllte zwei der Minibarweingläser damit. Danach widmete er sich Veronika und zog ihr langsam ihre Strümpfe aus. Sie spürte seine Hände zwischen ihren Schenkeln und seufzte leise auf. Greg nahm einen Eiswürfel und fuhr ihre Beine entlang.
„Na, warte!" murrte sie zärtlich und begann, sich an seinem Gürtel zu schaffen zu machen.
Dann zog sie ihm ebenfalls die Hose aus und tat es ihm gleich. Zuerst ganz zärtlich, aber dann erblickte sie die brennende Kerze und ließ das Wachs auf seine Schenkel tropfen. Greg stöhnte wollüstig, sie ahnte kaum, wie er diese Hitze genießen konnte. Er brauchte unbedingt noch einen Schluck Wein, um sein Gemüt zu kühlen und gab Veronika ihr Glas.
„Auf dich!" sagten sie gleichzeitig und dann tranken sie ihre Gläser in einem Zug leer.
Anschließend begann Greg sie weiter auszuziehen, seine Küsse wurden heißer, es war, als atme er sie ein. Sie gab sich seinem Begehren hin und riss ihm das Hemd vom Leib, einige Knöpfe mussten dran glauben. Endlich erhob er sich, schnappte sie und warf sie aufs Bett. Er hechtete neben sie und sie konnten endlich wieder die Nacktheit des anderen spüren. Herrlich fühlte sich das an!
Sie liebten einander auf eine besondere Weise. Veronika hatte noch keinen Mann zuvor innen so intensiv gespürt. Greg fühlte sich aufgenommen wie selten zuvor, er hielt es lange aus, bis sie

laut aufstöhnte, dann ließ er los und ergoss sich in ihr. Auch mit einem heftigen Stöhnen. Glücklich und zufrieden lagen sie nebeneinander und berührten einander, da klopfte es an der Tür. Jemand rief „Zabaione" und Greg sprang auf.

Er hüpfte in die Unterhose und öffnete die Tür. Diskret, wie das Hotelpersonal war, erblickte er niemanden mehr und Greg holte den wohlriechenden Weinschaum ins Zimmer. Veronika hatte sich im Bett in freudiger Erwartung aufgesetzt. Sie löffelten einträchtig aus der Schüssel, bis die herrliche Nachspeise verputzt war. Diesmal stand Veronika auf und holte den letzten Schluck Wein. Der reichte noch für zwei volle Gläser und stellte eine kühle Abwechslung zum warmen Schaum dar. Nachdem sie die Gläser leer getrunken hatten, gingen beide schnell ins Bad, um bald wieder zusammenkriechen zu können. Sie liebten einander nächtens und das letzte Mal früh am Morgen. Anschließend schliefen sie engumschlungen weiter, bis der Weckruf von Gregs Telefon ertönte.

Sie streckten sich aus und Veronika lachte „Ich hab schon wieder Hunger!"

„Na dann, Frau Diplomingenieur, sollten wir flugs zum Frühstücksbuffet schreiten. Vorher erlauben Sie mir bitte eine Dusche."

Veronika nickte zustimmend und überlegte, ob sie auch duschen wollte. Als sie die Frage vor sich selbst verneinte, hörte sie Greg schon seine Geräusche unter der heißen Dusche von sich geben. Andere sangen, er atmete lautstark. Sie hatte beschlossen, seinen Geruch und seinen Saft mit heim zu nehmen und sich erst dort, endgültig von ihm zu verabschieden. Also begann sie sich anzuziehen und ihren Trolley zu packen und ließ nur das Necessaire draußen. Es klopfte an der Tür.

„Wäschedienst" rief jemand.

Veronika öffnete, der junge Mann mit weißen Handschuhen kam herein, hängte die Anzüge und die Hemden in den Schrank. Die Unterwäsche und die Socken waren feinsäuberlich in einem

Körbchen verwahrt, das stellte er in eine der Laden, die er ein Stückchen offen ließ. Kaum war er wieder draußen, kam Greg aus dem Bad. Frisch geduscht, Zähne geputzt und rasiert.

„Das mag ich an guten Hotels so, dass sie mir den Weg zur Putzerei ersparen."

Veronika huschte schnell ins Bad, sonst hätte sie womöglich gekontert „Das muss man sich auch leisten können".

Doch Greg vergönnte sie alles, woher kamen plötzlich diese allzu realistischen Gedanken? Wahrscheinlich, weil der Abschied in der Luft hing.

Sie wusch sich das Gesicht mit kaltem Wasser und schaute beim Zähneputzen in den Spiegel. Glücklich und rotbackig sah sie aus und sie lächelte sich zu. Greg würde ein exzellentes Role Model abgeben, für den zukünftigen Mann an ihrer Seite. Und mit der Ausstrahlung, die sie vom Seminar mit nach Hause nahm, würde es nicht mehr lange dauern. Mit ihrer selbst gewählten Einsamkeit wollte sie brechen und das Leben feiern. Greg war der beste Lehrmeister dafür gewesen. Sie schminkte sich leicht und zwinkerte sich selbst zu. Gute Frau! Sie schwebte auf Greg zu und küsste ihn auf die Wange.

„Danke für alles!" flötete Veronika.

Er schien verwundert, dass der Abschied so gutgelaunt vonstattenging, nahm sie in seine Arme und umarmte sie fest.

„Ich danke dir, liebste Veronika! Danke für diese unbeschwerte und bedingungslose Zeit!"

Er wirbelte sie herum, bevor hinzufügte: "Rapazant und Gilabert bleiben unser Geheimnis ..."

Veronika stimmte mit ein „Rapazant und Gilabert bleiben unser Geheimnis ..."

Dabei strahlte sie ihn an. Greg lachte und hob Veronika in die Luft.

„Jetzt lass mich bitte runter, sonst verhungere ich noch."

Veronika stieß einen bühnenreifen Seufzer aus. Greg tat wie ihm geheißen, küsste sie ein letztes Mal und steuerte die Zimmertür an.

Er öffnete sie schwungvoll und rief „Voila!"

Veronika schnappte ihren Trolley und ihren Mantel und folgte Greg. Auf dem Weg in ihr altes und doch ganz neues Leben.

Sie stellte alles in der geräumigen Garderobe bei der Rezeption ab und beide folgten dem Geruch von frischem Gebäck und Kaffee. Sie fanden einen Tisch mitten in der Menge und kehrten langsam, aber sicher zu ihrem Business Modus zurück. Unter dem Tisch berührten sich ihre Beine zärtlich. Nachdem sie mit dem Frühstück fertig waren, begleitete Greg Veronika noch in die Garage. Dort stand ihr Dienstwagen bereit. Als sie ihren Trolley verstaut und den Mantel auf die Rückbank gepfeffert hatte, umarmte Greg sie ein letztes Mal, da wurde Veronika doch ein bisschen wehmütig. Sie stieg schnell ein und machte das Fenster für ihr Winken auf. Nach dem Schranken der Ausfahrt brauste sie davon.

Greg sah dem Auto nach, drehte sich allerdings, bevor sie davonbrauste, weg und trabte zum Lift zurück. An der Bar holte er sich einen Espresso und bat um einen Vermouth. Den brauchte er, um sich innerlich aufzuwärmen. Anschließend ging er auf sein Zimmer und führte abermals das Ritual mit der goldenen Münze aus. Danach fühlte er sich besser. Er öffnete die Fenster und atmete tief durch. Sein Mobiltelefon fiepte.

„Jetzt nicht!" sagte er zu sich selbst, „Später ist auch noch Zeit."

Doch Bernhard hinterließ eine Nachricht, dass sie bald da sein würden, er und sein Anwalt. Greg legte sich aufs Bett, in den Kissen roch er Veronikas Duft. Er schloss nur kurz die Augen und sah ihn schon in der Trattoria in Rom sitzen. Das bedeutete wohl, dass alles problemlos und glatt laufen würde. Das ließ ihn beruhigter packen und sein Zimmer räumen. An der Rezeption bezahlte er und dankte für die vielen Sonderwünsche, die ihm erfüllt worden waren. Zu guter Letzt suchte er einen Tisch, der diskret genug für Geschäfte schien und bestellte sich einen Campari Soda.

Greg scannte den Anwalt schon beim Eintreten, er stand definitiv auf der hellen Seite. Bernhard kam etwas zu bemüht auf Greg zu und machte die beiden Männer bekannt. Der Anwalt hieß Eduard, wollte aber Edi genannt werden. Greg spürte sich bei solchen Verträgen kaum, diese Art von Arbeit missfiel ihm und machte ihn unglaublich müde. Er vertraute Edi und achtete nur auf ihn. Endlich kam es zur Unterschrift. Greg setzte ein krakeliges Greg Lundarski dorthin, wo Edi es sagte. Bernhard sprang überschwänglich auf und dankte Greg für die Lizenz, indem er ihn umarmte. Greg fand das unpassend, doch er ließ über sich ergehen. Greg stand auf und wünschte den Männern guten Appetit. Er selbst würde noch auf den Vertrag anstoßen, er könne einen Wein empfehlen. Edi stimmte augenblicklich zu und Greg bat ihn um seine Visitenkarte. Bernhard entsagte dem Alkohol, weil am Nachmittag noch Rad fahren ginge und bestellte einen gespritzten Apfelsaft. Als sie feierlich angestoßen hatten und die beiden geordert, zog sich Greg zurück. Vorher nannte er Edi eine Adresse, zu der die Unterlagen geschickt werden sollten. Es war die Adresse eines Hotels in Rom. Greg ließ sich an der Rezeption ein Taxi rufen, was schon nach wenigen Minuten eintraf.

Er ließ sich helfen, sein Gepäck im Kofferraum zu verstauen, stieg hinten ein und sagte nur kurz und bündig „Flughafen".

Der Chauffeur nickte „Ich weiß."

Die Fahrt verschlief Greg, erst als der Wagen hielt, öffnete er seine Augen. Er fühlte sich hier fremd. Den Weg zur Gepäckaufnahme wandelte er in Trance. Endlich hatte er die allzu weltlichen Sachen erledigt. Seine Energie kehrte langsam zurück. Also ging er zum Restplatzbörsen Schalter und sprach einen etwa gleichaltrigen Mann an, der sich gerade anstellte.

„Wie wäre es mit Rom? Oneway?"

Der Mann stimmte lachend zu.

„Bedingung ist allerdings, dass Sie mit meinem Pass und meinem Ticket reisen. In Rom beim Ausgang treffen wir einander wieder. Ist das ein Problem?"

„Das ist meine geringste Sorge, Hauptsache Süden!" erwiderte der Mann.

Gut, dass Italien und Österreich beide in der Europäischen Union liegen, dachte Greg und machte sich auf den Weg zum Flugzeug. Diesmal würde es machen. Sich an die Schnauze heften. Ungesehen mit niedrigster Energie, die brauchte er, um seine Lungen zu schützen und für das Anheften sowieso. Er trank im Vorbeigehen noch einen Espresso, dann bereitete er sich in Trance auf die Reise vor.

Darauf, dass er bald den gasförmigen Aggregatszustand wählten musste, ohne den das Leben auf der Sonne sonst nicht auszuhalten war. Darauf, seinem Heimatplaneten ein Stück näher zu kommen, und der Sehnsucht nach der gleißenden Hitze zu widerstehen. Er durfte noch lange nicht heim, es gab noch weitere erhellende Aufträge für ihn. Bei der seine Eigenschaften und Fähigkeiten eines Sonnenmenschen gefragt waren. Darauf, sich rechtzeitig wieder in den menschlichen Körper zu verwandeln, den er sich einst ausgesucht hatte. Ein Mann in den besten Jahren. Und danach den Passagier zu erwarten, der anstatt seiner im engen Flugzeug gesessen hatte. Das Schwierigste war wohl, die Sehnsucht auszuhalten und angeheftet zu bleiben.

Alles klappte hervorragend, bis das Flugzeug seine Reisehöhe erreicht hatte. Dann fiel es Greg tatsächlich schwer, nicht einfach los zu lassen und sich der Verführung zu ergeben. Er mühte sich ab und bereute es kurz, nicht im Flugzeug zu sitzen. Als die Dämmerung hereinbrach, kehrte sein Freiheitsdrang zurück, er genoss das freie Schweben und jauchzte innerlich.

Schon konnte er Rom erkennen, der Flieger setzte zum Sinkflug an und fuhr das Fahrgestell aus. Der Copilot bemerkte einen Schatten auf der Schnauze, der Pilot beschwichtigte ihn, dass wohl eine Wolke diesen verursache, die direkt über ihnen stand. So landeten sie wenig später am Flughafen in Rom.

Greg flog, wie die Sonnenmenschen es vermögen, ein Stück weiter bis zum Ausgang. Dort fand er einen guten Platz, um sich wieder zu verkörpern. Ganz hinten bei den Taxis. Von dort ging er, sich wieder an den Körper und an das Gehen gewöhnend zur Ankunftshalle. Er schüttelte sich und beschleunigte seine Schritte. Das war notwendig, um genug Erdung zu bekommen. Danach setzte er auf eine Wartebank und verwurzelte sich mit dem Erdboden. Als er mit seiner Prozedur abgeschlossen hatte, kam der Mann schon auf ihn zu. Er dankte ihm nochmal, vor allem dafür, dass er keine dummen Fragen stellte.

Der Mann händigte Greg seine Papiere aus, erwiderte „Mille grazie a lei!" und verschwand in der Menge.

Greg ging zum Taxistand zurück und schon war er bei seinem Hotel. Die Höhenluft hatte sein Zeit- und Raumempfinden durcheinander gewirbelt. Er stellte das Gepäck nur ins Zimmer und eilte in sein Lieblingslokal. Dort wurde er ungestüm italienisch begrüßt und es kam sofort ein Birra Italiana mit Nüsschen. Als er nach ausgiebigen Spaghetti Arrabiata und rotem Wein in sein Hotel zurückkehrte, reichte es noch für Katzenwäsche. Danach schlief er ein.

Sein Traum, der ihn kurz vor dem Aufwachen heimsuchte, handelte vom nächsten Auftrag. In den Krankenhäusern dieser Stadt, wo seine Hilfe vonnöten war. Licht zu bringen in dunkle Seelen, den Menschen helfen, gesund zu werden. Oder aber in Frieden zu sterben, als Ganzes ins Licht zu gehen. Die Details würden bald folgen. Jetzt hatte er eine Pause verdient.

Außerdem erschienen:
Gedichte
11
Ein neuer Tag
Aus heiterem Himmel
Leben und leben lassen
Glutaugen
Weglichter
Weglichter II

Alle zu finden auf www.gabrielajoham.at